肥後御一新
——神々の群

はじめに

大阪大学名誉教授　猪飼　隆明

明治維新という変革を主導したのは、いわゆる下級武士たち、それに一部の公家層と、草莽といわれる農民層の中のごく一部の人たちである。下級武士とはいっても、近世の支配階級である。その支配階級にある武士たちが、幕藩体制を崩壊させ、その存立基盤である身分的鎧を自ら剥ぎ取ったのである。世界に類のない変革である。

その変革が生み出した、進歩と反動、いやそれにとどまらない複雑な、思想や意識・感情の相克を、その相克がとりわけ顕著であった熊本を舞台に、描き出したのが、この小説である。

鎮台、巡査（邏卒）、キリスト教そして散髪・脱刀令、廃刀令が、変革・進歩のシンボルであれば、なによりも丁髷と刀は保守の象徴であり、精神の拠り所であった。熊本では散髪に抵抗して、出来たばかりの小学校の教師たちがストライキまで行っている。

この相克は、一家の中にも及んだ。『城下の人』の、神風連に傾斜する著者石光真清と、洋学校に通う兄真澄の姿にそれを見ていた。

本著者南氏は、主人公村上新九郎の男四人兄弟の中に、その相克の苦悩を描いている。またキリスト教を進歩の精神として受け入れた横井時雄と彼を幽閉した母つせ（小楠の妻）も、その相克の中にあった。河原者としての存在は近世以来だが、実はカトリック信者だと最後に告白する戍蔵と、いま一人の主人公、時雄の妹ミヤとが、その間を見事につなぐ。思想的、政治的相克を超えた人間としての温かい心の通いが、読者をひきつける。読み終えて、すがすがしさを感じる小説である。

ないものねだりを一つ。肥後勤王党のいま一つの流れである民権党のことである。塩屋町の宮崎八郎の下宿で、牛鍋を囲んでいた八郎と四、五名の民権党の同志たちは、城内に火の手が上がったのを見て飛び出す。洗馬橋へ差し懸ったところで、白鉢巻に血刀を提げた若武者の二人と出会う。「オイオイ八郎がゆきをると、互に私語《ささや》きをるじゃないか、僕はもう手も足も顫へて顫へて何時斬り懸けられるかと」とは、その時一八歳の一木斎太郎の記録である。こんな出来事が、いくつもおこっていたのだ。

肥後御一新―神々の群　目次

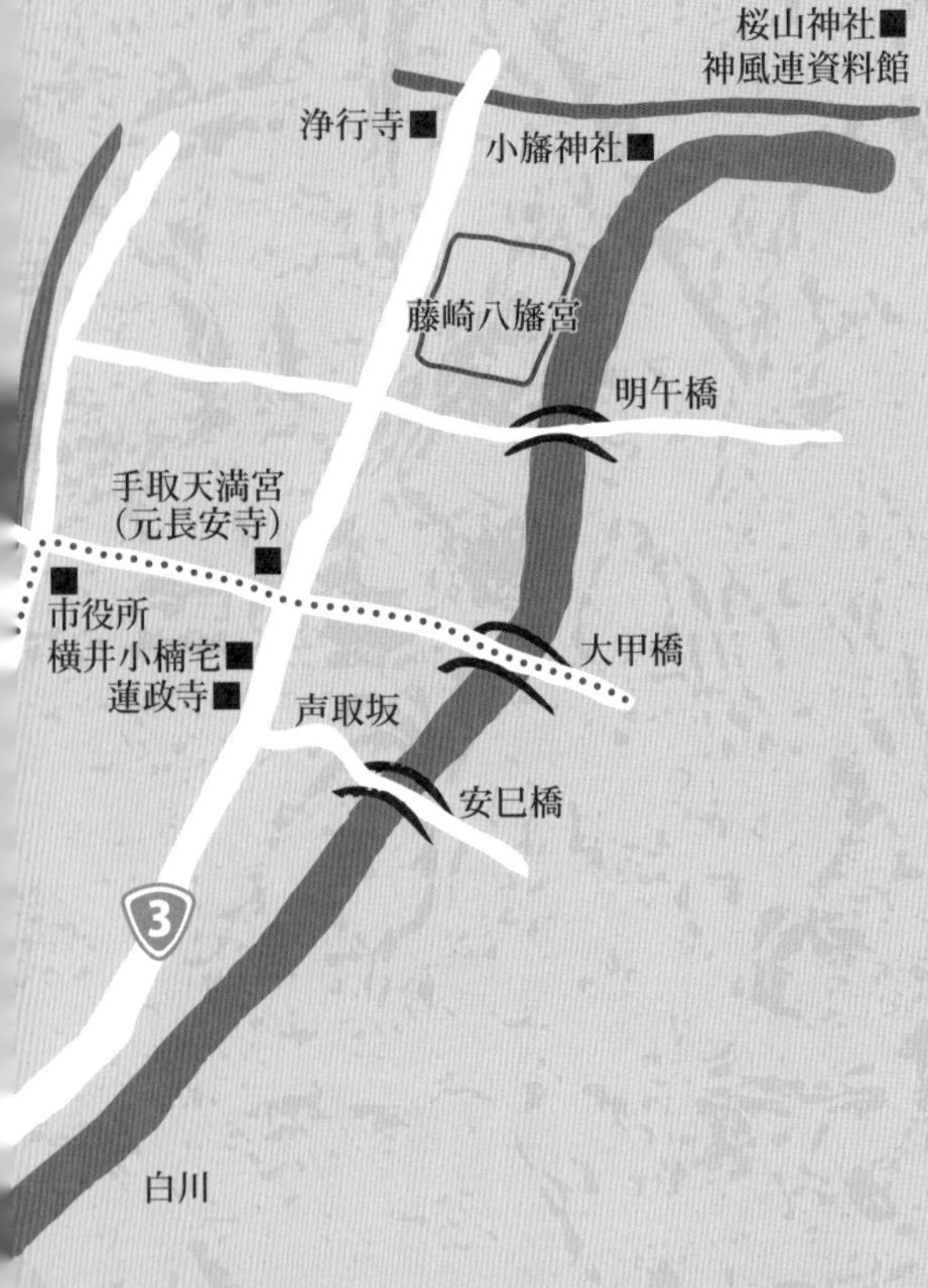

桜山神社
神風連資料館
浄行寺
小旛神社
藤崎八旛宮
明午橋
手取天満宮
（元長安寺）
市役所
横井小楠宅
蓮政寺
大甲橋
声取坂
安巳橋
3
白川

藤崎台球場
(旧)藤崎八旛宮
熊本県
護国神社
(旧)愛敬家
二の丸公園
(旧)鎮台歩兵舎
電信町
熊本城
下馬橋
(旧)砲兵舎
第一高校
(旧)熊本洋学校
古城医学校
冥土橋
新町電停
坪井川
洗馬橋電停
サクラマチ
クマモト
花岡山
肥後銀行本店
(旧)安岡県令宅
長六橋

肥後御一新—神々の群

その一　新九郎

晩秋の夕暮れ、蓮政寺町はあっという間に暗くなった。

町全体を照らしていた淡い橙色の夕陽は、蓮政寺本堂の巨大な屋根に遮られ、あたり一面が闇に吸い込まれていく。村上新九郎は、自宅の門前で苛々しながら弟たちの帰りを待っていた。

元熊本藩士の新九郎は、御一新（明治維新）後、邏卒（警察官）として白川県（後、熊本県）に奉職した。

だが、邏卒の任にあたってみると、自分でも驚くほど人を疑うことが性に合うことがわかった。

奉職した当初、自分の浅ましさに恥すら感じていたが、人を疑うことで何度か命を救われてみると、疑うことが身を護る唯一の武器だと思えた。だが、新九郎の気持ちが一緒に暮らす弟たちの反発を招くようになった。

この数か月、弟たちは自分を避け、まるで他人のように振る舞っていた。新九郎は、なぜ弟たちがそんな振る舞いをするのか無性に知りたくなった。もし長兄である自分に隠さなければならぬ重大な理由があるなら、世間に知られる前に封じ込めなければ、邏卒としての自分の立場が危うくなる。

新九郎には三人の弟がいる。

末弟の猪源太は、明治四年、熊本に鎮台が設置されると、すぐに鎮台兵に応募した。今では歩兵伍長に昇進している。だが猪源太が仕官したことを激しく罵ったのは、兄の又十と休十郎である。

又十と休十郎は激昂して猪源太を責めた。

「百姓や商人たちの食い潰しの輩と同等の兵隊になるなど、お前は馬鹿か。武士としての誇りはないのか」と強い言葉で叱った。

だが、猪源太は罵る二人を無視した。武士だろうが平民だろうが、末弟ともなれば兄弟での立場も末席でしかない。自ら食い扶持を探さなければ生きてはいけないのだ。

若い猪源太は時流に敏感であった。さっさと旧藩の士分身分を捨て、未来ある鎮台兵に夢を託した。

村上家は御一新まで熊本藩に仕える三十石二人扶持の下級武家であった。御一新後、すぐに家計は困窮した。明治二年、版籍奉還によって熊本藩は朝廷に領地を返納。その二年後には廃藩置県が決まった。それまで藩から支給されていた士族の家禄は、新政府による手形として発行されることになった。

だが、新政府支給の禄手形を両替商に持ち込むと、維新前の交換比率の半分以下の価値に下落していた。維新の動乱による物価高騰もあったが、すべては新政府が政策予算を確保するため、各藩の知行高を大幅に削減していたからに他ならない。

新九郎は、士分でありながら何の身分価値もない世の中で家族を養うことに汲々とするしかなかった。

そんな新九郎が三十歳になったとき、白川県で邏卒の募集があった。新九郎は、日頃昵懇にしていた先輩の誘いもあってすぐに募集に応じた。先輩の一言が決め手となった。

「時代が変わるなら自分も変わるべき」

その言葉は新九郎の心に突き刺さった。

あれから四年、新九郎は新しく生まれた邏卒組織のなかで商家や農家の出身者たちと交わり、旧時代の価値観をかなぐり捨て生きてきた。

そんな中、御一新から九年も経とうとしているのに、村上家では又十と休十郎だけが旧時代の価値観にしがみついていた。

明治四年九月、散髪脱刀令が太政官から発布された時もそうであった。二人は髷（まげ）を落とすでもなく、脱刀令にも逆らうように刀を腰に差して過ごしていた。実家に寄食したままの又十と休十郎は、いつの間にか村上家のお荷物となっていた。

そんな二人が最近自分を避けている。

（何かある、きっと何かある）

こんな疑問が新九郎の心の中で渦巻いた。

新九郎が直接二人に問い質せば済むことかも知れなかったが、今回ばかりは妙に胸騒ぎがした。

（まずは弟たちの行動の裏をとるしかなか）

新九郎は、日頃使い馴れた配下の戌蔵に弟たちを調べさせることにした。

戌蔵に探索を命じて数日が経った。だが、戌蔵からは一向に報告がない。

（まだ分からんとか。あ奴はなんばしとるとか）

新九郎は、戌蔵に段々と腹が立ってきた。

そんな戌蔵が突然、夜勤当直していた新九郎の前に現れた。

探索を命じて半月余り経とうとしていた。

「いや〜すんまっせん、遅なった」

戌蔵は頭を掻きながらそう言った。

戌蔵は新九郎より二十歳近く年上で、若いころは白川渡しの船頭をしていた。

白川は熊本城下を東西に分断するように阿蘇から流れている。加藤清正が熊本城の外堀として整備した川である。

清正時代、白川に掛かる橋と言えば薩摩街道につながる長六（ちょうろく）橋しかなかった。幕末になると経済上の理由から東西をつなぐ架橋が求められ、安政四年に安巳（やすみ）橋が架けられ、明治三年には明午（めいご）橋が整備された。

しかし、城下の者にとっては、三つの橋だけでは不便である。それを補うため渡し舟が重宝された。戌蔵は、かつて渡しの船頭を生業としていた。

その二　戌蔵

戌蔵は白川で生まれた。いや、育ったというべきか。白川から学んだことは尋常ではなかった。水の流れを見るだけで、いつ白川が暴れるかなど直感的に分かるのが自慢だった。

その感覚は戌蔵の母が河原で身を売る女であったことに由来する。陽が沈めば母親の仕事が始まる。戌蔵は河原の草むらの中から漏れる母親のうめき声を聴きながら育った。

ある時、常連の客がことを終え、母親と草むらから這い出してきた。客が急いで身支度し、銭を母親に渡そうとした時、戌蔵がたまたま傍らに立っていた。客は「この餓鬼ゃあ、なんか犬臭かね～」と鼻をつまみながら馬鹿にした。それ以降、その客は河原に来る度に戌蔵を「犬、犬」と呼ぶようになった。

ある時、その客がまた河原に遊びに来た。戌蔵は駆け寄って「わん」と吠えた。客は戌蔵が芸をしたのが嬉しかったのか、駄賃をくれた。それから戌蔵はこの客が来るのを心待ちにするようになった。そのうち、河原の住人たちも少年を「犬」と呼ぶようになった。

「犬」と呼ばれた幼い子も数年後には少年となった。母親もいつまでも「犬」では可哀そうだと思ったのか、彼が十歳の時、「犬」を「戌」とし、蔵持ちの大身になれるように願いを込めて「戌蔵」（いぬぞう）と名乗らせた。

ただ、戌蔵はすべてを銭金で判断し、銭しだいでは仕事の程を決める男だという噂がたっていた。

そんな戍蔵がニヤニヤしながら新九郎の前に姿を見せた。その顔は何を意味するのか、新九郎の心中は穏やかでなかった。

「で、首尾は?」

新九郎は唾を呑み込みながら尋ねた。

「へい、その事ですが、ちょいとお耳を」

戍蔵はゆっくり新九郎の耳に口を近づけ、生臭い口臭を吹きつけるように囁いた。

それを聞いたとたん新九郎の顔が引きつった。

戍蔵によると、又十と休十郎は自分と時習館で学友であった緒方小太郎と行動を共にしている。しかも千葉城にあった原道館(げんどうかん)の関係者とも頻繁に接触しているという。

それが意味することを、新九郎は即座に悟った。二人は敬神党一派に加担していた。県令安岡良亮が最も警戒する連中である。

敬神党は御一新前、肥後勤王党と名乗り、国学者林桜園(おうえん)に師事していた。肥後勤王党には、池田屋騒動で新撰組に斬られた宮部鼎蔵（ていぞう）とその仇を討つべく京に上った河上彦斎（げんさい）が在籍していた。

河上彦斎は、京に現れると公武合体派で開国論を唱えていた佐久間象山を「けしからん輩である」として白昼誅殺している。

御一新後、肥後勤王党は敬神党と名称を改め、祭政一致を実行することで国体護持を推し進めるべきと主張。明治新政府の欧化政策とは一線を画す思想を抱いていた。時には新政府の政策実行を批判し、激烈な建白書を熊本県庁に送りつけていた。そのため、新政府や安岡県令からは過激集団として危険視されていた。

敬神党が御一新から九年も組織を維持できたのは、欧化政策で駆逐される「神州日本の伝統的価値と意識」を護らなければ、神州日本が消滅すると士族たちが強い危機感を持ち続けていたからだ。その思いは身分の上下で左右されることはなかった。まして他藩の士族も同じく塗炭の苦しみを覚えているという共通の思いが、一層団結を強めていた。

一方、熊本県側は、敬神党がいつか暴発するに違いないという危機感を持っていた。そこで、安岡県令は、元肥後勤王党で今は新政府の要職を担っていた山田信道に懐柔策を相談している。

山田は「敬神党がそこまで尊皇を貫きたいと言うなら、神職として採用し県内の神社に神官として派遣してはどうか」と提案した。

熊本県は即座に敬神党に諮ってみると、面々は嬉々とし県内各所の神社に奉職するため散っていった。だが、明治九年三月、廃刀令が太政官から発布されると、奉職していた神社を勝手に辞して再び熊本に集まっていた。

しかも「腰に両刀差すことが出来ぬなら」と、愛刀を袋に入れて持ち歩く始末で、その姿は異様であった。

彼らにとって、日本刀は士分として生きている証であり、また携帯しなければ天照神と向き合えぬ魂の証であった。

なかでも敬神党副長の加屋霽堅（かやはるかた）は廃刀令に激昂した。加屋は、任じられていた錦山加藤神社の神職を辞職すると、廃刀令を強く批判する奏議書を書き上げた。

加屋は、奏議書を携え上京し、元老院に直訴したのち皇門を叩き、自ら腹を切るつもりであった。ただ計画は諸事情で実行されなかった。敬神党の過激さは当然安岡県令の耳にも入っていた。

新九郎は、戊蔵の話を怒り心頭で聞いていたが、次第に敬神党に対する新たな疑念が湧き出してきた。

「まさか敬神党の連中たちぁ、何んか企みよっとじゃなかろうね。もし弟たちがそん企みに加担しとんなら、おおごつばい」

新九郎は探るような声で戊蔵に尋ねた。

「そんなら村上の旦那は、もっと調べてけぇ～て言いなるですか？」

「そうなるな」

新九郎は思わずそんな言葉を漏らした。

戊蔵は、新九郎の反応を予期していたのか、満面の笑顔で「すんなら分かっとなんですよね～」

戊蔵は（待ってました）とばかり、手の平を新九郎の前に差し出していた。

明治九年十月二十四日、新九郎は弟二人から聞いた「今夜敬神党が熊本鎮台に討入る」と言う情報を確かめるため、蓮政寺町の自宅から子飼町方向へ脱兎の如く走り出した。既に夜陰が町並みを覆い始めていた。

そのようなことをしても、敬神党に明日などあるはずもない。ただそれが真実なのか、今は自分の眼と耳で確証をとるしかなかった。

（真実であるなら、上司の仁尾一等警部に報告するしかなか）

新九郎はそう思いながらも、それだけで済まないことも分かっていた。学友の緒方小太郎の笑顔が脳裏を横切った。

（早まるな、集合場にいないでくれ）

そう心の中で叫びながら、新九郎は足早に駆けていた。

白川沿いの子飼町小幡神社に着いた頃には、暗闇があたりの家並みをすっかり包み込んでいた。暗がりの奥には、小幡神社の鳥居が見えた。そのとき突然、戌蔵が新九郎の前に飛び出してきた。

「旦那、今はいかんばい。兎に角、脇道に入らんと」

戌蔵は、新九郎の巡査服の袖を思いっ切り掴んで脇道へと引きずり込んだ。

「何でお前がここにおる？」

新九郎は、激しい息遣いのまま戌蔵を質した。戌蔵は慌てて新九郎の口を手で塞いだ。

その時、殺気立った数人の武士が大小の刀を腰に携え、小幡神社の方向に通り過ぎていった。間一髪であった。

二人は参道の陰に暫く潜んで様子を見ていたが、参道は避け神社横の玉垣から境内に入り、拝殿下で息を殺した。

暗闇の中には武装した一団が見えた。しかも、拝殿横の社務所の地下から白鉢巻と白襷で身を固めた者たちが、蛆虫のように這い出てくる。

緒方小太郎らしき者がその集団を束ねるように指示している。

（こりゃ弟たちの話は正しかった）

確信が新九郎の躰を震わした。

そのことがわかると、二人は拝殿下から白川の河原に逃れた。戌蔵がこっちだと新九郎を手招きした。その先には川舟が一艘繋いである。戌蔵が万が一のことを考えて用意していたに違いない。

とにかく今は急を要する。まずは上司の仁尾警部へ伝えるのが先であった。

「戌蔵、すまんが直ぐに仁尾警部に伝言ば頼む」

「で、なにをお伝えするので？」

新九郎は呆れたような顔で続けた。

「大事が起こる寸前じゃ。わしは今から、県庁の小関参事に伝える。仁尾警部も県令宅に参上されたしと」

戌蔵には、新九郎の声が少し震えているように感じた。仁尾警部への伝言が命令口調だったことで、なおさら事の重大さが戌蔵にも伝わった。

（こりゃ、とんでもなかこつの起るばい）

戌蔵は身ぶるいした。

新九郎は、戌蔵に命ずると、一人河原を明午橋の方向へと走り出した。

その三　敬神党

新九郎は走りながら、夕暮れに弟たちと交わした会話が脳裏に蘇ってきた。事の重大さに頭の中は真っ白になっていた。

半刻前のこと。自宅の門前で新九郎は弟二人を待ち続けていた。蓮政寺町は夜陰に包まれていた。すると、二人の弟が足早に自宅に向かってくる姿が見えた。気のせいか殺気を感じた。

新九郎は思わず腰に携帯していた警棒に手がいった。二人が門扉を開いて宅内に入ろうとしたとき、新九郎は次弟の又十の襟首を思いっ切り掴むと、そのまま座敷まで引きずって行った。三男の休十郎も慌てて二人に付いてくる。

「自分に何んか隠しておらんか。いま正直に言うなら許す。ばってん正直に言わんなら成敗するしかなか。お前ら敬神党と組みしとるな」

新九郎の口調は取調官のようになっていた。威圧的な語気が又十をへたらせた。

「兄上、すいまっせん。我らも心が揺れとるとです。今更言い訳はしたくなかばってん、こぎゃんこつになるなんて、我らも思わんこつで」

又十は休十郎に視線を送りながら、申し訳なさそうに答えた。

新九郎は、二人の顔を見据えて言葉を返した。

「どうして敬神党から離れんかった。あれほど言うたじゃなかか」

「いや、敬神党には兄上もご存知の緒方小太郎さんがいらっしゃって、日頃から我々ば弟んごつ可愛がってくれるとです。富永守国様も、西洋かぶれの世は変わるべきと、常々から我々を励まして下さる。敬神党の皆さんに共感すべきものが多々あったとです」

又十は言い訳するように言った。

「なんが共感するか。よかか、わしも猪源太も今や新政府に奉公し、家ば支えとる。まして母上もお歳をめされ、お前らも家のために尽力するは必定。何んば血迷っておっとか。お前らだけ旧幕時代にしがみ付いておんなら村上家は潰る」

「兄上、何んば申されるか。我らが守ってきた世ば壊しとるのは、新政府じゃあなかですか」

休十郎が新九郎に食らいつくように言い返した。

新九郎は思わず薄笑いを浮かべた。

「休十郎、新政府が世の中ば壊しよって言うか。笑止千万。旧幕府の連中たちが、諸外国にいい加減な対応しかせんけん、国は乱れたったい。そんなら御一新後は外国に負けん国にするしかなか。新政府は国ば壊しよっとじゃなく、新しか国ばつくりよるとたい」

「確かに兄上は警察に出仕し、我が家ば支えておんなっとかも知れん。ばってん新政府の政策は、世の中に混乱ば巻き起こし、町ん人たちは苦しんどる。苦しさ紛れに罪を犯せば、兄上は捕縛し牢に入れるなど言語道断。サーベルなんか自慢げに腰に下げとる兄上の姿など見たくもなかです」

休十郎は、吐き捨てるように言い返した。

「お前こそ阿呆か。わしも猪源太も新しか時代に向き合い奉職しとる。わしの出仕しとる邏卒組も、猪源太が出仕しとる鎮台も天子様の組織ばい。我らは朝廷にお仕えしとることに間違いなか。お前たちはいま誰にお仕えしとる。護久様も藩領を天子様に返上され、江戸に去られたこと忘れたとか。お前らが士族だ士族だと吠えとるが、誰に忠義する武士か？」

新九郎は、激しく休十郎に言い放ったが、二人の新政府への不平不満が分からぬでもない。所詮、御一新から始まった興亡は止めようもなく、新九郎自身がもがいていることも間違いなかった。世の中が激しく移り変わる中で、すべてが人々の心に重く圧し掛かっていた。

新九郎と弟たちの間に沈黙の時が流れ、闇の深さを濃くしていく。又十が突然、胡坐を解いて新九郎に向き合うように正座すると、休十郎に視線を送り両手をついて語り出した。

「兄上、大変ご無礼申し上げた。正直に申し上げれば、実は今夜、敬神党は鎮台に討ち入る事になっとります」

新九郎は又十の予期せぬ言葉に胸の鼓動が一気に高まった。

「な、なんて、今夜？」

それだけで、新九郎には次の言葉が続かない。

「今夜、月が西山に隠れるのを合図に、皆で行動を起こすことになっとります」

又十がそこまで言うと、急に休十郎が隣で嗚咽を漏らし泣き出した。

（なんと今夜、敬神党は暴発する）

正座した新九郎の膝がぶるっと震えた。

だが新九郎はその後のことをよく覚えていない。新九郎はしばらくしてふっと我に返ると、敬神党の一派が集合場所のひとつと決めた子飼町の小幡神社へ駆け出していた。

その四　白鉢巻

新九郎は熊本県庁に駆け込むと、自室で帰宅準備していた小関敬直参事に事の顚末をかいつまんで説明した。だが、自分が何を話したかすら記憶に残らないほど動揺していた。そのまま県庁を飛び出すと、今度は山崎町にある安岡県令宅へと走り出した。

新九郎が安岡宅に到着すると、ちょうど上司の仁尾惟茂一等警部も門前に到着したところであった。

（戊蔵、でかした）

新九郎は思わず心の中で呟いた。二人は無言のまま頷き合うと安岡宅内に駆け込んだ。

土佐出身の県令安岡良亮は、明治六年に熊本に赴任し、今年で三年目。五十一歳になる。

安岡は新選組の近藤勇を処刑したとして、世間では名を知られていた。二人が邸宅に上がると、安岡は奥の座敷で普段着姿で文を書いていた。

「何事じゃ、何を慌てておる？」

安岡は驚いて、筆を置いた。

「一大事でござりまする」

新九郎は息を整えながら言葉を発した。仁尾も新九郎に続いた。

「県令、村上警部の言っちゅうこと、わしも聞いてぼっこな（滅相もない）ことかと」

仁尾警部は、慌てたのかいつもは使わない土佐弁で言い足した。仁尾は安岡と同じ元土佐藩士で、安岡の私塾の師弟関係にある。

仁尾が口から泡を噴かせながら言うと「てにあわんこつ（手に負えないこと）でも、おこっちゅうか?」

安岡もつい土佐弁で聞き返した。

その時、玄関口から、ぜいぜいと息を切らせながら小関参事が座敷に駆け込んで来た。

「どうもこうもありません。村上警部の知らせば確認するため下役ば城内方面に走らせたところ、ほんなこつ敬神党の輩が三々五々と藤崎宮の方角に向かっとると情報が入り、慌て報告に参上した次第で」

小関は、仁尾と同じ二十三歳である。その若さからか、慌てるばかりで状況説明にはなっていない。安岡は何が大変なのか分からぬまま苦笑するしかなかった。

新九郎は二人の様子を見て、改めて安岡に状況を正確に報告しなければと再び口を開いた。

「今夜、敬神党の連中が決起し熊本鎮台に討ち入るつもりです。奴らは城下の何か所かに集まりよるとです」

新九郎は言葉を選びながら安岡に伝えた。

さすがの安岡も、行燈の灯の陰で僅かに顔が歪んだように見えた。

「敬神党が？」

安岡の言葉はすぐに闇の中に吸い込まれていく。

「恥ずかしながら、実は我が家の弟二人も敬神党に加担しており、今夕問い詰めて分かったことで、誠に、誠に申し訳なか」

新九郎にすれば「責任取って腹切れ」と言われてもおかしくない事態である。

二人の弟の告白で事が発覚した以上、そのことを明らかにせねば情報の信憑性が安岡には伝わらないと思った。

「それでどうする?」

安岡はあくまで冷静である。新九郎の弟たちなどどうでもよかった。むしろ今後の対応こそが大事である。

「とにかく、暫時警備を強化するしかありません」

仁尾がそこまで言うと、坂口静樹一等巡査が駆け込んできた。

「お邪魔いたします。先ほど警察詰所に戊蔵が参りまして、今夜ここで敬神党への対策が協議されると聞き、慌てて参りました」

「おお、坂口よい時に来た。いま対策を練っておったところじゃ。お前もなにかいい案があれば述べよ」

仁尾は自分より年上の坂口に命令口調で言葉を投げた。

坂口は面白くない。

(なんで土佐っぽの若造にそこまで見下されねばならぬのじゃ)

腹立たしい思いが一気に湧き出してきた。

仁尾は不機嫌な顔つきの坂口を無視して、言葉を続けた。

「ざんじ（先ずは早く）鎮台に知らせることが、やいか（先決）かと思います」

仁尾は安岡に向かって言い切った。

「なんば言いよんなっとです。鎮台は日頃から警察ば見下しとるじゃなかですか。そぎゃん鎮台に何で情報ばやらなんとですか?」

坂口が強い口調で言い返した。

「なら、おまんは鎮台にこん大事を伝えんつうとか、そりゃいかんぜよ」

仁尾の口調には怒りが滲んでいた。上司の考えに意見するなどあってはならぬという感情がむき出しになっていた。

坂口は突然ニヤリと微笑み、仁尾に言い返した。

「なら仁尾殿、万が一、敬神党が鎮台に討ち入らなかったらどうされます。警察の面目は丸潰れ、安岡県令にご迷惑が及ぶは必定」

仁尾には、直ぐに坂口に言い返すだけの言葉が見つからなかった。

（確かにそうである。万が一、敬神党が鎮台に討ち入らなかったとしたら）

仁尾は言葉を失った。同席していた者たちも一様に絶句するしかなかった。

その時、玄関口から男の悲鳴が座敷まで轟いてきた。五人は飛び跳ねるように立ち上がった。

（まさか敬神党？）

新九郎がそう思った瞬間、隣の部屋の障子を蹴破るような音がした。誰かが座敷の灯りを消した。

灯りが消えるか消えぬかの瞬間、座敷の障子が力いっぱい開けられた。五人はとっさに隣の部屋に逃げ込んだ。

新九郎たちは、侵入者と戦うだけの武器を持っていない。

咄嗟に、新九郎は闇の中で、踏み入ってきた人物に体当たりすると、相手の刀の柄にしがみ付いた。賊に刀を自由に使わせぬための防御法である。

すると、新九郎が格闘している敵を背後から羽交い絞めにしている者がいる。

刀柄を新九郎に掴まれた敵が叫んだ。

「伊藤、早ようけぇ」

呼ばれた誰かが部屋に駆けこんできた。

新九郎は必死に敵の刀柄を抑え込んでいたが、敵の背後で刀身が小さく風を切る音がした。その瞬間、安岡県令の呻き声が闇に零れた。

(県令が斬られた)

新九郎はそう思った。

すると、新九郎と共に敵を羽交い絞めにしていた者も刀音と共にバサッと倒れる音がした。刀柄を掴んでいた相手が一気に自分を押した。

そのまま、二人は揉み合いながら座敷を出ると、勝手口につながる土間に降り立った。

徐々に、新九郎の握力が落ちてくる。敵の刃から逃れるには刀を奪うか、庭に押し出して逃げるしか道がない。

(南無三…)

新九郎は残された握力を振り絞り、一気に相手を勝手口から裏庭に押し出した。激しい息遣いである。ぜいぜいと息が上がる。

その時、消えようとしている月下で掴み合っている相手が一瞬、見えた。敵は花色の羽織を身につけ、両袖を捲り上げるように白襷をしている。額には白鉢巻。刀身が月下残照でギラッと輝いた。

敵は再び仲間の名を叫んだ。

「沼沢、早よけぇ」

庭先の暗闇から誰かが駆けてくる気配がした。新九郎は再び（南無三）と心で叫ぶと、敵の刀柄を捻るようにして敵の脇腹に入り込み、駆けよって来る足音の方向に剣先を渾身の力を入れて突き出した。一瞬、何かが剣先に触れたが、同時に刀柄を掴み合っていた敵を力一杯足で突き放すと、闇にめがけて走り出した。

だが、新九郎が敵から数歩離れた時、背中を袈裟懸けに斬られたような衝撃が走った。

不思議に痛みはなかったが（斬られた）と咄嗟に思った。

新九郎は斬られた衝撃で一瞬足が止まりかけたが、逃げないと間違いなく二の太刀を受けることになる。そうなると命はない。

新九郎は振り返りもせず、走り出した。

（逃げんと死ぬる。逃げんと死ぬる）

心の叫びが頭の中で木霊していた。

その五　安岡県令

仁尾は乱入してきた敵を安岡県令と共に羽交い絞めにしていたが、安岡県令が斬られた衝撃で、思わず敵から手を放してしまった。そのまま腰砕けのようにどっと座り込んだが、幸運にも床の間に置いてあった県令の護身刀が手に触れた。

仁尾は緊迫した中で日本刀を手にすると、妙に躰と丹田に力が漲ってきた。

（やるならやってみろ）

だが、闇の中では何も見えない。先ほどまで羽交い絞めしていた賊は、いつの間にか漆黒の闇の中に消えていた。

ただ、誰か部屋に居るのは間違いなかった。

気配が仁尾の肌に伝わってくる。自分の足元では坂口らしき者が呻く声が洩れている。

（坂口は斬られたか）

仁尾は直感した。

部屋には敵とも味方とも分からぬ者が二人いるのは間違いない。沈黙の中で殺気だけが際立っていた。

仁尾は床の間の壁を背にしている。背後から襲われる危険性はない。片膝立てて、いつでも立ち上がれる姿勢をとった。

仁尾は刀の鍔に親指を押し当てると、鯉口から音が洩れぬように細心の注意を払い、ゆっくり刀身を鞘から抜き出した。

その時。

刀身が風切る音と同時に、仁尾の真横にあった床柱に打ち込まれる音がした。

そのおかげで、仁尾は敵の位置が分かった。条件反射の如く、敵の真下から刀身の峰に手を押し当て逆袈裟斬りに刀身を突き上げた。

男のくぐもった呻き声が洩れた。同時に、仁尾は声の聞こえた闇めがけて二の太刀を力一杯振りおろした。

相手は「ギャー」と叫んでよろけた。

よろけたと同時に仁尾の居る方向に相手が倒れかかったとき、仁尾は咄嗟に気配の方向に拳を突き出した。すると相手の眼球に当たったのか何か破裂した感触があった。

見えぬ相手に致命傷を与えたことは間違いない。瞬間、「元吉」と呼ぶ声がした。しかし、相手は次第に遠のいていく。

だが、闇の中からは新たな殺気と共に刀身が空気を切る音が仁尾に聞こえた。仁尾は敵の一太刀を避けようとしたところで床の間の段差で足がもつれた。それが幸いした。敵の足元に転がると、仁尾は相手の足を払うように刀身を使った。

僅かであるが刀先に手応えがあった。

（どこかを斬った）

仁尾は直感した。

「ギャー」

猛犬の叫びのような声が闇を切り裂いた。そのまま相手は座敷から逃げていくのが分かった。座敷は沈黙の世界となった。殺気も消えていたが、すぐに近くから声が響いた。

「お主は仁尾か、わしゃ斬られた」

「小関参事じゃか、ざんじ助けあたっちゅうけ、えずいけんど待つしちゅう」

仁尾は無意識に土佐弁でまくし立てた。気が動顚していた。

安岡県令が心配である。既に座敷には安岡県令の気配は消えていた。自分の事より安岡の命の確保が先である。

仁尾は、そのまま座敷から庭に飛び降り、庭先にあった竹林に向かって走り出した。すると、県令宅から突然火の手が上がった。

座敷には負傷した小関参事、坂口巡査が倒れているはずである。

仁尾は一瞬、屋敷に取って返し、火を消そうと思ったが、一人では無理である。

まず県令の行方を探すしかなかった。

その六　熊本洋学校

『此者是迄の姦計、枚挙に遑あらず候得共姑らくこれを舍く。今般夷族に同心し、天主教を海内に蔓延せしめんとす。邪教蔓延致し候節は、皇国は外夷有と相成り候事顕然なり。併し朝廷御登庸の人を殺害に及び候事深く恐れ入り奉り候へ共、売国の姦要路に塞り居候時は前条の次第に立ち至り候故、已を得ず天誅を加うる者也天下有志』

「この斬奸状は大和十津川浪士柳田直蔵と云う者が、平四郎殿を斬るとき懐に入れていた罪状であるが、おぬしらの仕出かした事は、実学党、いや平四郎殿が求めていた実学の道から外れておる。むしろお主らのおかげで、十津川浪士の斬奸状通りだったと世間に知らしめたことになった。到底許されるものではない」

当時、明治天皇の侍読役を務めていた元田永孚（ながざね）は事件後、早々に帰熊し、小楠の息子である横井時雄を激しく叱った。

時雄は分かっている。元田伯父にそう言われるであろうことは、予想していた。

「元田様のおっしゃりたいことは分かります。しかし真なる学（まなび）とは何をもって実学とするのか。いま問われているのではないでしょうか。元田様含め、皆様方の希求された道は、学ぶだけではなく、社会実利を求めて道を開こうという思いで洋学校を開校されたのではありませぬか」

「そなたが言う実利とは何か。実利は西教（キリスト教）に加担することではないわ」

永孚は吐き捨てるように言った。

「すでに手遅れでござりまする。我らはジェーンズ先生から我が国にない世界を学んでしまいました。先生を熊本に招かれたのは、他ならぬ元田様たちではありませぬか」

元田には反論する言葉がなかった。

この時、横井時雄は弱冠十九歳である。しかし、すでに永孚と対等に討論できる知識と度胸を持ち合わせていた。

永孚が急遽東京から熊本へ帰郷したのは、洋学校の生徒たちが花岡山で奉教書の誓いを立てたことが原因であった。花岡山での出来事は、新政府の参議内でも話題となっていた。

事の始まりはこうである。

明治九年一月三十日の明け方、熊本洋学校の生徒三十五名が熊本城下の花岡山に讃美歌を歌いながら登頂し、聖書の朗読などを行った。続いて、今後の日本を救済するには西教を柱とし、その精神性のなかで我が国の殖産興業により、終末日本を救うと参加者は誓いを結んだ。その証として『奉教書』に署名する出来事があった。

元田と共に実学党を立ち上げた小楠が暗殺されたのも、西教に心酔したと浪士たちに誤解されたことが原因であった。

永孚の知る小楠は、間違いなく西教などにかぶれてはいなかった。小楠は甥の左平太と大平をアメリカに送り出すとき、檄文ともいえる送別の詩を贈っている。

「堯舜孔子の道を明らかにし、西洋器械の術を尽くすは、何ぞ富国に止まらん。

何ぞ強兵に止まらん。大義を四海に布かんのみ」

　この漢詩の冒頭を読めば、小楠は間違いなく朱子学者であったことがわかる。小楠は、堯舜の道をもって西教国の技術を取得することで、世界の平和につなごうと唱っている。

　その小楠の子が、花岡山で西教をもって皇国を救済するという誓いを同学の者たちと交わした。世間は「実学党の真の姿を見た」と騒ぎ出すのは間違いなかった。

「とにかく、しばらく自宅で謹慎しておれ。これ以上の問題を起こすでない」

　永孚は苦々しい口調で時雄に言い渡した。

　平四郎が存命だったころ、横井家は熊本の東端、沼山津に屋敷を構えており、「四時軒」と呼ばれていた。ただ小楠没後は城下の蓮政寺町に越していた。永孚が「自宅で謹慎しろ」と言い渡した横井家は蓮政寺町の家である。

　蓮政寺町近くには、水道町という小字があり、熊本元藩士であれば誰でも知る敬神党の阿部景器や富永守国の居宅があった。

最近では熊本城下高麗門あたりに住む若手元藩士たちも敬神党の影響を受け、頻繁に密会していることを、永孚は竹崎律次郎たちから聞いていた。

敬神党に代表される保守的な元藩士たちは、世の中の大きな変革に付いていくことが出来ずにいた。そんな中で奉教書誓詞事件は起こった。西教の禁教令が解かれて、まだ三年しか経っていないこともあり、世間では未だに「西教は邪教」という認識が根強く残っていた。

時雄は永孚の訪問をきっかけに、蓮政寺町の自宅に引き籠った。いつ謹慎が解かれるのか、目途はない。

時雄は、薄暗い部屋に寝転がりながら天井を眺め、なぜ奉教書誓詞への道に踏み入ったのか考えた。この四年という月日は、自分にとってどんな意味があったのかを考える時間ができた。

御一新後、時代は激しく動いていた。

明治二年六月、熊本は新政府に領地を返納する版籍奉還の号令に従った。藩領も領民もすべて朝廷に返還し、熊本藩主の細川韶邦（よしくに）は知藩事となった。そして元藩士たちは苦難の月日が始まった。

版籍を朝廷に返還すれば、旧来の藩経営では新時代に適合するはずもない。収入が限定されたことで、熊本藩の財政は逼迫した。

明治三年五月、詔邦は隠居の身となり、知藩事は弟の護久が継承することになる。護久にも弟がいた。長岡護美（もりよし）二十九歳である。護久は藩政改革を護美に託すため大参事に起用した。

肥後の場合、初代藩主細川忠利の肥後入国後に、全領地を「手永」という行政区画に分け藩経営を抜本的に変えた。手永には「会所」と呼ばれる役所を設け、区内の管理や経営を惣庄屋が仕切った。

会所では利貸事業も手掛け、農家や商家に資金を融資して利ザヤを稼いだ。利益は手永経営の財源として活用された。

惣庄屋は士分を持つ者も多く、藩校「時習館」に肥後全土から優秀な人材を送り込んでいた。

ただ、時習館は漢詩や和歌といった古典的な講義が中心であったため、幕末、長岡監物が主導して時代に即した学問をすべきだとして改革が行われた。その手先になったのが横井小楠や元田永孚であり、護美も実学党に組みし時習館に学んだ一人である。

そんな手永には御一新後も資金が蓄えてあった。護美は、新しい時代のためにその資金を活用することにした。

護美は、兄の友人で実学党に属す徳富一敬、竹崎律次郎を藩経営の中枢にあたる民政大属に抜擢した。

だが、就任から半年も経たないうちに、竹崎律次郎は徳富一敬と意見が対立し、民政大属を辞す。代わりに命じられたのが、洗馬町にあった古城洋学所の経営である。

その七　堯舜の道

そんな折、小楠の甥である横井大平が突然熊本に舞い戻ってきた。大平は留学先のアメリカで肺病を患い、養生もありニューヨーク在住の兄左平太と別れ、一人で帰国していた。

大平は留学している間、日本とアメリカの圧倒的な差を痛感した。その差を少しでも縮めるには、本格的な洋学校の設立しかないと確信していた。

期せずして、帰熊した大平は旧知の仲であった竹崎律次郎や権参事の米田虎雄の賛同を得て、洋学校設立へと動き出す。設立と運営の費用は全て手永が資金源となった。

大平は、時雄とはよく話をした。二人は、小楠の下で兄弟のように育った仲である。

「兄上と再会できるなど夢のようです」

時雄は、弾むような笑顔で、再会した大平に言葉をかけた。

「ほんなこつ。四時軒で時雄と別れて何年経ったろうか。ばってんおぬしも大きくなったの〜」

大平は、時折咽ぶ咳を封じ込めるように一気に言葉を繋いだ。

大平の父横井時明は、元々横井家の家督者であったが、大平が四歳のとき病没している。

家督を継いだのは、次男の平四郎（小楠）である。平四郎は兄の遺児である左平太と大平を養子として迎えた。

時雄と大平は七歳の差があった。大平は時雄を実弟のように可愛がり、事情を知らぬ者には兄弟のように映った。

大平が十三歳のとき、養父小楠が福井藩主松平春嶽に招聘されたことから、大平も江戸へ行くことになる。いよいよ小楠と大平が江戸へ出府する朝、時雄は沼山津の四時軒で二人を見送った。

朝日を浴びながら秋津川の塘に立ち、颯爽と旅立つ二人の姿は輝いていた。憧れの兄の凛々しい姿がそこにあった。

その後、父は元土佐藩士坂本竜馬に頼み、左平太と大平を幕府の神戸海軍操練所へ送り込む。それだけではなかった。語学習得の大義名分で藩から許可を取り付け、長崎語学所で英語をフルベッキに学ばせた。

時雄には、左平太も大平も横井家の誇りであった。兄たちは時代の寵児として時代の先頭を走っていた。とりわけ、病身にも拘わらず、大平が洋学校設立のため竹崎の叔父や米田虎雄と奔走している姿が刺激になった。

時雄は、機会を見つけては大平からアメリカの話を聞いた。話を聞くだけで心が躍り、アメリカへの興味が尽きることはなかった。

大平は時雄に小楠から留学前に贈られた漢詩の意味をよく口にした。

「時雄、お主は知っとると思うばってん、僕らがアメリカへ留学するとき、叔父上は送別とし漢詩ば贈られたこと」

二人がアメリカに留学するとき、時雄はまだ九歳。漢詩の内容はほとんどわからなかったが、題目だけはうっすらと覚えていた。

「兄上、確か『送左大二姪洋行』なるものでしょうか」

「そうじゃ。叔父上はその漢詩ばもって、我ら二人を世界へと押し出した」

大平は、時雄が漢詩のことを知っていたことが余程嬉しかったのか、微笑みが溢れた。

大平は漢詩の前半を時雄に向かって朗々と吟じた。

「堯舜孔子の道を明らかにし、西洋器械の術を尽くす、何ぞ富国に止まらん、何ぞ強兵に止まらん、大義を四海に布かんのみ」

「あの頃は漢詩の素読はするものの意味はよう分からんでした。ばってん、こん年になると少し分かります」

時雄はすぐに言葉を返した。

「時雄、あの漢詩は檄文に近い前半より、むしろ後半こそ、叔父上の真骨頂かと思う」

「ほう、後半ですか」

「そうじゃ、我らが留学するのは知識や技術のみ得ることが目的じゃなか。叔父上はむしろ西洋の知識を学ぶのは『争いのない世界』にするためのもの。そんために徳ば積み精進するこつが大事て詠われたと思う」

「しかし、徳ば積むて言うたっちゃ、世の中は理想だけでは治まらん。まずは西洋の技術ば学び、我が国で活用してこそ諸外国と対等に話せるって、こっじゃなかでしょうか」

時雄は率直な疑問を投げかけた。

「そこじゃよ。知識とは諸外国と対等に話ばするために習得するもの。それは間違いなか。知識は我が国の平和ば実現するために活用すべきで、それが堯舜の道へと日本を導くこつになると思うとたい」

大平は時雄を正面から見据えて説いた。時雄にはその言葉が、大平が自分自身に言い聞かせているように思えた。

「堯舜の道」は父小楠も日頃口にしていた言葉であった。

小楠は「知識は、あくまで世の中が平和に治まるために得るものだ」と言い続けていた。

「兄上、それでは改めてお伺いしますが、堯舜の道とは何でありましょうや」

時雄は改めて確かめてみたくなった。

「堯舜の道とは、何ごともなく平々凡々と人々が暮らしていける世の中のこと。留学したとき、我々はアメリカでも激しい内戦があったこつば知った。北部と南部の戦いで七十万もの人々が銃弾に倒れている」

時雄は七十万人もの戦没者が出たことを聞いて身震いした。

大平は続ける。

「建国以来、これほどの大きな悲劇があるだろうか。確かに我が国も戊辰の戦いで多数の犠牲者が出たこつは知っとる。ばってん、アメリカの国内戦争は四年も続き、その間に数多くの街が破壊された。その経験がアメリカの人々に、平穏な日々がいかに大切かを改めて知らしめることになった。戦争の終った後のリンカーン大統領の言葉が素晴らしか」

「リンカーンですか。何んば語られたとですか」

時雄は身を乗り出して大平の話に聞き入った。

大平は饒舌になった。

「リンカーン大統領がゲティスバークで『人民の、人民による、人民の為の政治』て演説し、国を治める為政者たる者んな、こぎゃんあるべきて宣言された」

「えっ」

時雄は驚いた。雷に打たれたような衝撃を受けた。

自分の知る日本という国は天子様のもと、幕府が国中を支配していた。肥後国ですら藩主の持ち物でしかなかった。藩主たる主人に尽くすことが、我ら家臣の使命であり誉だった。時雄は、そんな教えを幼少の頃から教え込まれてきた。

ところがアメリカでは「人民」が主である。我が国のように、天子様や将軍や藩主でもない。「政」（まつりごと）は「人民」のために「人民」が行うという言葉に時雄は驚いた。

「兄上、リンカーンという方は、我が国の将軍様と同格でありながら『民のための政治』をすると言われたとですか？」

「わが国とアメリカとの価値観は驚くほど違う。ただ日本に新しい時代が始まった今だからこそ、アメリカに多くを学び、リンカーンが演説したように人民のため、いや世の中に生きる人々のために、知識も技術も活かすことが大切だと思う。だから、アメリカに学ぶ学舎が熊本に必要だ」

明治四年九月一日、熊本洋学校が開校する。

大平からアメリカのことを聞いたことが、時雄が熊本洋学校に入学するきっかけとなった。

熊本洋学校教師のリロイ・ライシング・ジェーンズは、リンカーン率いる北軍の軍人だった。時雄は、ジェーンズ先生のもとで学ぶことが、新時代と向き合い、新しき道を模索する最高のステージだと思った。

ところが、時雄が熊本洋学校に入学して半年ほど経とうとしていたとき、その大平が病に倒れた。時雄は、洋学校隣りにある古城（ふるしろ）医学校で治療中の大平をたびたび見舞いに訪れた。だが、医学校で指導と診療にあたっていたオランダ人医師マンスフェルトは、頑なに時雄の訪問を禁じた。

病気が持つ強い「感染性」が理由である。時雄はマンスフェルトに頼み、病室に入らぬことを条件にドアを隔てて大平と会話した。

元々大平はアメリカで肺の病を発症し、治療のために帰国していたのだ。帰国直後は長崎で二年間闘病する間、大平は本格的な洋学校を熊本で開校する夢を見続けた。学校設立のため奔走した疲れが、治りかけていた病を再び呼び起こしていた。

時雄は病室の入り口で静かに声を掛けた。

「兄上、いかがです?」

「おお時雄、部屋に入ってはならぬ。そなたまで病が…」

大平は苦しそうに咽びながら答えた。時雄は大平に縋り付きたくなった。憧れていた兄上にもう一度無性に抱き付きたかった。ただ時雄は扉のノブに指は掛けるものの開く勇気はなかった。

(なんと悲しいことか。病と闘っている兄上に直接向き合うことが出来ぬとは)

時雄の心を悔しい思いがよぎった。時雄は自分の声を聴いてもらうことが、大平の介抱になると心に決め、毎日通い続けた。だが、大平の声は、日に日に力なく、か細くなっていく。

倒れて一か月ほど経ったころ、大平は激しく喀血した。知らせを受け、時雄が急いで病室に駆け付けると、マンスフェルトがちょうど大平の病室から出てくるところだった。

マンスフェルトは無言のまま時雄を見つめると、首を左右に振り、大平の死を伝えた。時雄は何も言葉が出なかった。言葉だけではない、不思議に涙も出てこなかった。

時雄は、今まで経験したことのない暗闇の世界に立ち尽くした。改めて、自分の無力さを噛みしめた。

その八　邪宗門

奉教書事件後、時雄は幽閉された。身動きが取れないまま、息の詰まるような毎日を過ごしていた。

そんなとき、同じく奉教書の誓いをした金森通倫が、深夜密かに自分に会いに来た。金森は母方の親戚で、洋学校では一級後輩にあたる。

金森は、寒夜の庭先から雨どいの下を這うようにして部屋に入ってきた。

「おお、どうしとった。しかしよく出かけられたな」

時雄は、行燈の薄明りの横で通倫に言った。

通倫は余程寒かったのか、両手に息を吹きかけ温めながら口を開いた。

「いつまっでん謹慎しとんなら気が変になるばい。今夜は特別じゃ」

「なにが特別じゃ。なんかあったとか。信仰はやめんばい」

時雄が一気にまくしたてると、金森は慌てて時雄の口元を掌でふさいだ。

その瞬間、時雄は金森を突き飛ばした。突き飛ばされた金森は体勢を整えながら、顔をしかめて押し殺した声で言った。

「いかん、いかん。誰が聞いとるか分からんけん、もちっと静かに話さんと」

「なんば言いよっとか。我らがしたこつは別に罪あるこっじゃあなか。お上は数年前に禁教を解禁しておるじゃなかか。それはお主も知っとるだろ」

時雄は悔しさを顔に滲ませながら、絞るような声で答えた。

確かにそうである。当初、明治新政府は、国内の諸外国の外交官から「なぜ西教（キリスト教）を禁止しているのか」と激しく抗議された。

抗議の発端となったのが、長崎に居留する諸外国人のために建設された大浦天主堂である。元治二年三月のことだった。建ち上がったばかりの大浦天主堂に長崎浦上村の潜伏切支丹数人が、自分たちは信者だと名乗り出た。

初めはフランス人のプティジャン神父も極秘裏に信徒と接触していた。だが、維新直前の慶応三年、潜伏切支丹たちは奉行所から捕縛され拷問の末、棄教を強要された。

長崎の居留外国人たちは、長崎奉行所に激しく抗議したが、西教は禁教という国策は揺るがなかった。明治新政府になっても、禁教政策は変わっていなかった。

そんな頃、岩倉具視一行が欧米視察から帰国してきた。岩倉たちは、幕末に井伊直弼たちが欧米諸国と締結した不平等条約の再交渉のため欧米に出向いていた。しかし、基督教を禁止している日本とは再交渉しないと、欧米諸国からは激しい反発に遭った。

岩倉たちは相手を交渉テーブルに着かせるには、我が国の禁教令を破棄するしかないと考えた。

明治六年、岩倉たちは帰国するなり、直ちに「西教信仰は自由」と政策を切り替えた。

しかし、世間は違った。

日本国内には「西教信仰は邪宗門だ」という認識が根強く残っていた。維新後、日々西洋化されていく世の中で、人々はとまどい、右往左往していた。だれもが日々の生活に追われるばかりで、西教信仰の解禁など、どうでもよかった。

時雄の言うように、確かに西教信仰は許された宗教ではあったが庶民にとって西教に対する理解は進まず、未だに邪教の感覚は根強く残っていた。

それよりも金森が一番恐れていたのは、邪宗を極端に忌み嫌う敬神党が身近にいることである。

「時雄、実はこの蓮政寺町に村上さんがおらすとは知っとっど？」

「村上さんて、邏卒の村上さんか？」

時雄は不安げな顔で問い直した。

「そう、その村上さんの手の者に戌蔵という奴がおって、巷の情報ば拾ってきては飯ば喰いよる奴たい」

金森は物知りだろうと言わんばかりに少し得意げに話した。

「だけん何んが言いたかとか」

時雄は少しムッとしたような声で、金森の話に割り込んだ。

「いや、実はお前の妹のミヤの事たい」

「ミヤがどぎゃんした？」

「それが…」

金森は少し口ごもった。

「だけん、何んかあったとか」

時雄は苛々した表情で金森に迫った。

「戍蔵が言うには、愛敬正元（あいきょうまさもと）殿のご子息の元吉と良か仲とか」

時雄は驚いた。返す言葉を失ったまま、しばらく金森を見つめていた。

ミヤは四期生として熊本洋学校に入学し、いま古城の宿舎で無事にしていると思っていた。だが、よりによって愛敬正元の息子と付き合っているなど思いもしなかった。

「こん話の真偽ば確かめた訳じゃなかばってん、戌蔵がそぎゃん言うけん、一応お主の耳にも入れておいた方がよかて思っての」

金森は時雄の顔を覗き込みながら言った。

愛敬正元については、以前、父の小楠から聞いていた。林桜園の愛弟子で、肥後勤王党の重鎮である。

愛敬は、長岡内膳家の元筆頭家臣であった。京で起きた「文久禁門の変」において、主人である長岡内膳を守護した豪傑である。その息子の元吉は、林桜園派の中で文武両道、一傑と謳われた加屋霽堅（かやはるたか）に師事していた。

（ミヤと元吉が…）

時雄は合点がいかぬ表情で金森を見つめたが、それが確かな話なのか知りたくなった。

「わかった。そん戌蔵ば一度この屋敷に連れてきてくれんね。わしが改めて問い質してみるけん」

行燈の光で、時雄の吐く息が白く見えた。

その九　鬢付け油

ミヤは、常に兄の背中を見ながら生きてきた。兄のように生きることを周囲から求められて今がある。

ミヤが生まれたのは文久二年の十一月である。沼山津の四時軒には、常に父小楠に師事する者たちが数多く出入りしていた。そんな環境で育てられた。

ミヤは、自分の意志で道を切り開くより、「横井小楠の娘ならば斯くあるべき」とされた道筋を歩いて来た。

洋学校に入学するときもそうである。竹崎律次郎は、ミヤをぜひとも洋学校に入れて、時雄と同じ教育を受けさせたかった。だがジェーンズは、ミヤが余りにも幼いため、とても同級生に付いていくのは難しいと判断、入学許可を躊躇した。

それでも、竹崎はジェーンズを説得し続けた。ミヤと徳富初子が入学に力不足であるなら、せめて入学前の予科学生とし二人を預かってくれぬかと。

さすがのジェーンズも根負けし、妻ハリエットに二人の英語指導をすることを命じた。

それから一年、ハリエットの真摯な指導が功を奏し、ミヤと初子は無事に洋学校への入学を許可された。ミヤが十三歳、初子が十五歳の時である。洋学校での生活はミヤにとって刺激的で、楽しい日々となった。

明治八年の師走、ジェーンズ一家は降誕祭もあり冬季休暇に入った。当然、洋学校も休校となり、ミヤは蓮政寺町の自宅に一時帰宅が許された。ミヤは久しぶりに母に会えることを楽しみにしていた。

休暇初日、ミヤは一刻も早く自宅に帰りたい一心で、洋学校の寮から飛び出ると走り出していた。洋学校の正門の坂を下ると、古城堀端（ふるしろほりばた）に架かる橋がある。新町界隈では、洋学校の隣にある古城医学校にちなんで「冥土橋」と呼んでいた。

それには訳がある。熊本医学校の校長マンスフェルトは解剖学を教授していたが、重罪で刑死した遺体を解剖学の材料としていた。その遺体を医学校に運び込んでいたのが「冥土橋」である。新町界隈では橋を渡って医学校へ行くと、生きては帰れぬと噂が流れた。

ミヤはその「冥土橋」を飛ぶように渡り、表通りに飛び出した。

その瞬間、ミヤは誰かと激しくぶつかった。二人は、重なるように道路になぎ倒された。

ミヤは呻いた。呻きながら真横に倒れている相手と視線が合った。若い男である。

若い男は「大丈夫か」とやさしく言った。横たわったまま、男の手がミヤの頬を撫でた。

ミヤはドキリとした。心臓が一気に高鳴り、頭の芯がズキンと疼いた。ただ頭の疼きよりも恥ずかしさが先に立ち、ぶつかった時と同じ勢いで男から離れると、一気に立ち上がった。

だが、立ち上がってみると気が遠くなっていく。

男はふらつくミヤを見て、慌ててミヤの身体を抱き止めた。抱き止めなければ、間違いなくミヤは倒れていた。

若い男はミヤの片腕を自分の首に巻き付け、ミヤが倒れないように袴の帯をしっかり掴んだ。そのままミヤを支えながら、堀端の銀杏の下へ向けて一緒に歩いた。

木の下の腰掛にゆっくりとミヤを座らせると、急いで近場の井戸で手ぬぐいを濡らし、ミヤの額に手ぬぐいを当てた。次第にミヤの意識が戻ってきた。

「すいません。ご迷惑ばかけて」

ミヤの口から言葉が零れた。

「無事でよかった。拙者こそ、そなたに気づかんとは恥ずかしか。許してくれ」

総髪に髷（まげ）をたくわえ、品のある若者は申し訳ないとばかり自分を恥じた。

「そなたは洋学校の生徒さんか？」

男は単刀直入にミヤに尋ねた。

ミヤは、ここまで世話になっていて「いいえ」とも言えず「はい」と答えた。

「そうか。ばってん学校から勢いよく走り出たには、何かわけがあったとか?」

男は、ミヤに聞いた。

ミヤは、どう答えていいか分からぬまま口籠ってしまった。

「おっと失礼なこつば聞いたようじゃ。すまん。私は愛敬元吉というものじゃ。以前は熊本藩士だった者じゃ」

愛敬と名乗った若者は、笑顔で身分を明かした。ミヤは少し警戒心が解ける気がした。

「そうでしたか。私の父も元藩士でしたが、明治になった翌年、京都で亡くなりました」

「ほお、父上も熊本藩の人か。で、お名前は何と申される?」

愛敬元吉は、なにげなく問うた。

ミヤは少し躊躇したが、先方の愛敬元吉がそこまで言うならと口を開いた。

「父は横井平四郎と申します」

ミヤは、静かに元吉を見つめた。

元吉はドキリとした。（横井平四郎）この名前を知らぬ訳がない。横井平四郎とは、藩校時習館の塾長だった横井小楠のことである。まさか小楠先生のご息女が目の前にいるとは思いもしなかった。

それだけでない。西洋人が校長をしている洋学校で、小楠殿のご息女が学んでいることが元吉の心を波立たせた。

「父上が小楠先生とは…」

元吉は、言葉を濁した。どんな言葉をつなげて良いかわからなくなっていた。

ミヤは、元吉から視線を逸らせずにいた。ミヤの澄んだ瞳は、次第に元吉の複雑な感情をほぐしていく。

「お父上は沼山津にご自宅があったと聞いておったが…」

「父が亡くなったあと知人の世話もあり、元々自宅のあった蓮政寺町に転居し、今日は自宅に帰るところでした」

師走の寒気が身に染みるのか、ミヤは少し震えたような声で答えた。

元吉は、すぐミヤが寒さで震えているのに気が付いた。

「相分かった。ちっと寒さが増してきたようじゃ。蓮政寺町まで送ろう」

元吉は、ミヤの腕を掴んでゆっくり抱き起した。ミヤは立ち上がったものの、少し血が引いた感じがして、思わず元吉の腕にもたれた。

元吉は、ミヤを支えながら心が波打つのを感じた。

「大丈夫か。拙者がおぶって自宅まで送ることにするゆえ、さあ背中に」

元吉はミヤに背中を見せしゃがみ込んだ。

「何を申されます。世間の方にそんな姿を見られたら恥ずかしかです。ミヤは一人でも帰れます。ご心配はありがたく頂きます」

そこまでミヤが言うと、元吉は素早く立ち上がり、ミヤの瞳を見つめながら言った。

「拙者ば信じられよ。お送りいたす。まずは背中に乗られよ」

ミヤは、元吉の純なる気持ちは嬉しかったが、やはり世間体がある。断る言葉を失いながらも一人で歩き出した。するとやはり頭から血が引いていく。

一瞬、意識が遠のいたと思ったら、元吉がしっかり自分の身体を抱き止めていた。

元吉の髷（まげ）の鬢（びん）付け油の香ばしい匂いが、ミヤの鼻孔を突いた。元吉の体温と、鬢付け油の芳香がいつの間にか混ざり合い、次第にミヤの心に染み込んだ。

今まで経験したことのない甘美な薫りである。ミヤは熱いものが心に湧き上がる気がした。

それから暫く休んだ二人は、師走で混み合う洗馬橋を渡り、無言のまま坪井川の川塘をゆっくり歩いた。塘を北に歩けば、すぐに下馬橋である。

そこまで来たとき元吉はミヤに声をかけた。

「ここで一休みしたら」

「ありがとうございます。もうよかです。ひとりで帰れます」

ミヤはそう言うとゆっくり歩きだした。

元吉はミヤの頑固さに驚いたが、もとはといえば自分とぶつかったことから始まった事だ。どうしても自宅に無事に送り届けなければ気が済まなかった。

二人がゆっくり歩きながら蓮政寺町の横井家に帰り着いたのは午の刻を過ぎていた。

ミヤは帰り着くと門前で元吉に深くお辞儀し礼を述べた。

だが、ミヤが礼を言い終わらぬうちに、元吉は踵を返し駕籠町に向かって歩き出していた。

ミヤはそんな元吉の背中を見送るとすぐに屋敷に入った。普通なら家人に帰宅を告げるべきだったが、無意識にそのまま自室へと向かおうとした。

「ミヤかえ、帰ったかえ」

懐かしい母の声に、ミヤは我に返った。

「はい、ただいま戻りました」

ミヤは、居間に顔を出したが、母の津世子は隣の部屋に伏していた。

「母上、いかがなされました」

ミヤは、母の異変に気づいた。

「なに、流行り風邪のごたる。しばらく横になっておれば治るし、昨日から匂いを感じるまで良くなっとる」

津世子は、布団の上に起き上がって座りなおした。

「時雄も帰ってきておる。ミヤも健勝でなによりじゃ。しばらく洋学校も休みだとか。久しぶりに我が家でゆっくりするがよか。ミヤの好物だった慶徳饅頭も戊蔵に買わせておったけん」

津世子はそう言いながら空咳をした。

ミヤは、慌てて母の背中に手を回すと静かに背中をさすった。

「ミヤ、何か鬢付け油の匂いのすんね、何か香油ば使ったとね?」

津世子は娘の放つ香料に敏感であった。

「いえ実は洋学校を出たとき人とぶつかって…」

ミヤは、母が元吉の鬢付け油の残香に気づいたことに驚いた。あっと言う間に顔が紅潮した。

「相変わらずミヤの粗忽は変わらんね。ばってん無事でよかった」

母はそこまで言うと、微笑みながら布団に横になった。

数日後、蓮政寺町の自宅に元吉が現れた。

「まずは突然お伺いした無礼ば許して頂きたか。手取町の長安寺に所用もあり、ミヤ殿の体調が気になって」

ミヤには、元吉の訪問のわけがこじつけに聞こえた。ミヤは少し笑いながら言った。

「元吉様、長安寺とは関係なくミヤにお会いに来られたのではありませぬか?」

「い、いや本当に長安寺に所用があって出向いてきたのじゃ」

元吉はむきになって言い返した。

「そうでしたか。長安寺様とは昔のこと。今は手取天満宮と宗旨を変えられ、年始のお仕度で今日は大忙しでした。ミヤもさっきまでお手伝いに行っておりました」

ミヤは一気にそこまで言うと、元吉を見つめた。

元吉は本心を見抜かれ、いきなり顔が火照りだした。

「いや、ミヤ殿には参った。その通りじゃ。ミヤ殿に会いに来たのじゃ」

元吉は恥ずかしそうに言った。

「ミヤも元吉様に再びお会いでき嬉しゅうございます。先日のお礼を言うにしても、元吉様のお宅がどこにあるも知らぬままで」

ミヤは胸を撫でおろしながらそう言った。

「わしもミヤ殿の怪我が良くなったか心配しとった。あん時は申し訳なかった。このとおり、わしは肘に青たんが出来ておるぐらいじゃ」

元吉は、着物の袖を捲り上げてミヤに見せた。

元吉は年上であったが、ミヤには年下の少年のように思えた。

「そりゃあ痛かったですね。ミヤにはそんな痣はなかです。そうなるとミヤの方が元吉様より逞しかったことに」

ミヤはそう言いながら苦笑した。

「いやいや、ミヤ殿がわしより強いとは恐れ入った」

元吉の言葉に、二人は同時に笑い出した。元吉は続けた。

「いよいよ新年が近づいておるが、ミヤ殿は元日、何か予定はおありか？」

元吉はミヤの顔を窺うように言った。

「正月は別に予定はなかですが、父がいたときから午前中は新年式ば執り行っておりました。今でも恒例としております」

ミヤは、毎年元旦に横井家で行っていた新年式を思い出していた。

父の平四郎が、家長らしく床の間を背に上座に座り、新年の挨拶をする。その後、家族、郎党のほか、居合わせた書生たちも含め屠蘇を飲み、今年の無病息災を祈る。

皆が飲み終わると、一同が今年に臨む意気込みを皆に披露する。父が他界してからは、津世子が屠蘇を全員に注いで無病息災を祈っていた。

「そうであったか。いや、その行事が終わってから、わしと一緒に初詣に行かぬかと思ってな」

元吉はそこまで言うと、顔が少し赤くなった。

「初詣でございますか」

ミヤは異性と二人で初詣に出かけたことなどなかった。元吉の誘いに心がときめいた。

「初詣お嫌いか？」

元吉は改めて単刀直入に尋ねた。

「いえ初詣は好きです。以前は父や母と出かけ、新年の招運を神様に祈っておりました。父が亡くなってからは、家族で初詣することはなくなってしまい、この数年は自宅で過ごすことが多くなりました」

「なら、久しぶりにわしと初詣に行かんですか。我が家は藤崎八旛宮の横にあって、初詣の帰りに茶なりと御馳走できるかと」

元吉は、ここぞとばかり語気を強めてミヤを誘った。ミヤには、元吉の誘いを無下に断る理由はなかった。

最近は手取天満宮の手伝いに出かけるものの、藤崎八旛宮に初詣でなど考えもしなかった。

ミヤは、年末年始には藤崎八旛宮の門前に露店がひしめくことを知っている。

参拝の人々で賑わう雰囲気は好きであった。

「母の許しが貰えるか尋ねてみます」

ミヤはそれだけ答えた。

「相分かった。母上にお許しを頂けたなら連絡くれぬか？　元日にわしが迎えに来るゆえ、これがわしの住まいじゃ」

元吉は自分の家の住所を書きつけた紙をミヤに渡すと、輝くような笑顔で一礼し玄関先から消えた。

数日の間、ミヤは母にいつ話すべきか迷っていた。兄の時雄が居ないことを確かめると、思い切って元吉とのいきさつや初詣のことを話してみた。

津世子は、意外にもあっさりと許してくれた。沼山津時代もそうであったが、津世子は多くの書生や来客たちが出入りする横井家を切り盛りしていた経験から、未知の訪問客にも気安く対応できた。

また、ミヤから見せてもらった愛敬家の住まいが藤崎八旛宮の横にある宮内にあることを知って、間違いのない人物だと直感した。

許しをもらったミヤは、すぐに許しが出たと文をしたため、戌蔵を使いに出した。

大晦日は家事の忙しさで一日中忙殺されたが、ミヤは床に入っても眼が醒めていた。明日の初詣を考えただけで、顔が火照り眠れなくなった。やっとまどろむ頃には朝鶏が鳴いていた。

その十　愛敬家

ミヤと元吉は新年の城下を歩いた。ミヤには異性と二人きりで街を歩くなど、生まれて初めてのことである。今まで感じたことのない不思議な感覚に包まれた。

二人が洋学校のある古城堀端町から電信町に出るころには、藤崎八旛宮へ向かう人々が一段と増えていた。

二人は人波に揉まれながら札の辻のある新一御門から城内に入り、法華坂から宮内に続く坂道を白い息を吐きながら登った。藤崎八旛宮に着いた頃には、参道の石段は参拝の人々で身動きできぬほどであった。

　境内は露店に群がる人々と参拝客が交錯していた。普段の静謐な神域と違い、藤崎八旛宮は新年の初詣らしい活気で満ちていた。

　二人は人波をかきわけながら、無言で拝殿まで辿り着いた。ミヤと元吉は、互いに柏手を合わせながら二礼二柏手一礼で拝礼した。

「ミヤ殿は今年の年頭にあたりどんな願いをされたのか、聞いても良いか?」

元吉は背後の参拝者に道を譲りながら、満面の笑みで尋ねた。

「今年、ミヤは十五になります。洋学校では今までジェーンズ先生の奥様に補講を頂いて何とか勉強について来ましたが、今年こそ自分の力だけで先輩や同級生に付いていければとお願い致しました」

「ほう、洋学校ではどんな勉強をしておるのじゃ？」

元吉は興味津々で尋ねた。

「代数幾何、窮理、作文、英語などがありまして、全ての授業が英語で行われております」

元吉はミヤの話に驚いた。

維新前の熊本藩では、長崎や江戸に留学し、西洋の知識を勉学していたのは男子に限られていた。上級武士の子女であっても、長崎や江戸で学んだなど聞いたことがない。西洋の学問を自分より四歳も年下の女子が学んでいることに驚いた。

「で、ミヤ殿はその洋学校で得た知識ば将来は何にお使いなさるおつもりか？」

元吉は急に知識の使い道を聞きたくなった。

「今は分かりません。ただこれからの熊本、いや日本のためにお役に立つようにと思っております」

その言葉に元吉は何度も頷いた。

「わしとて熊本のため、日本のために役に立たねばと日頃から思っておる」

「元吉様はこれから何をされるおつもりなのです？」

ミヤは遠慮なく尋ねた。

「そうじゃのう。最近は日本人としての尊厳が蔑ろにされとる。わしは天子様のお側にお仕えし、日本の美しき伝統をしっかり守っていきたい」

ミヤは元吉の言葉に強い意志を感じたが、少し怖いとも思った。元吉の「日本人の尊厳」とはなにを指すのか、理解できなかった。

二人は会話が途絶えたまま、藤崎八旛宮の横にある愛敬家の門前にたどり着いた。愛敬家は、巨大な古木に包まれている。

二人が冠木門から邸内に入ると、小さな女の子が走り寄ってきた。

「お兄様、信子と遊んで」

女の子は元吉の袴に飛びついてきた。

「信子、お客様に失礼ばい。ご挨拶ばせんと」

元吉は信子をたしなめると、ミヤに向き合わせていた。

「私は信子、初めまして。お姉さまは何というお名前です」

信子は笑顔で尋ねたが、すぐに元吉が二人の会話に割って入った。

「ミヤ殿、ご無礼申し上げた。今年七歳になる拙者の妹で信子と申すもの」

元吉は信子の頭を撫でながらミヤに言った。

ミヤは無邪気な信子がとても可愛く思えた。

「そう、信子さんというと。私は横井ミヤといいます。お見知りおきを。信子さんはお兄様が大好きなのね」

ミヤは信子のように兄の時雄を慕ったことがない。むしろ叔父が他界した後に父の養子になった大平に親しみを感じていた。

「だって、お座敷はお父上のお友達の皆様ばかりで、お酒ば飲んでいるだけで信子とだれも遊んでは下さいません。信子は寂しくてお兄様のお帰りを待っていたの」

それを聞いた元吉は、満面の笑みを浮かべて信子を抱き上げた。

「そうであったか。信子は寂しがりやだけんね」

元吉からは先ほどのミヤとの会話で見せた厳しい表情は消えていた。妹思いの優しさが顔に溢れていた。

「信子さん、私でよければ遊びましょう」

ミヤは信子の前にしゃがみ込み、笑顔で言った。

「うれしい、お兄様も一緒に」

「待て待て、まずは座敷で御父上にミヤ殿をご紹介してからじゃ」

元吉は信子に邪魔するなといわんばかりの顔つきで、玄関口にミヤを誘った。

信子もミヤがすっかり気に入ったらしく、楽しそうについてきた。

愛敬家はミヤの自宅など比べられないほど大きな屋敷である。広い板の間の玄関をあがると、座敷では酒宴が行われていた。

「父上、ご紹介したい方をお連れ申した」

元吉は、ミヤを父の正元の前に連れて行った。

「ほう、どちらのご息女かな」

正元は酒のためか両頬が赤らんでいた。そして探るような目でミヤを見た。

「横井小楠先生のご息女でミヤ殿と申されます」

元吉は少し誇らしげに正元に答えると、父の周辺に居た敬神党の面々を見渡した。

元吉の『横井小楠先生』という響きに、座敷の騒ぎは一瞬にして静まり返った。

静止した時間はどのくらいあったろうか。しばらくして、正元の横に座していた屈強な面持ちの壮年者がミヤに語り掛けた。

「ほう、横井先生のご息女であられるか。よくぞお越し頂いた。既にお父上は鬼籍に入られ数年ほど経つかと思うが、肥後にとって大切な方であったと長岡監物殿が申されておられた。ぜひ父上の思い出話などお聞かせ頂けぬか？」

　その男は粛々とミヤに言葉をかけると、同意を求めるように正元の顔をのぞいた。

「確かにそうじゃ、小楠殿の思い出など聞かせてもらえぬか」

正元は優しい言葉でミヤに言ったが、周囲の者たちには干渉させぬぞという強い意志が感じられた。

「加屋先生、愛敬先生なんば言いなっとですか。横井小楠は耶蘇教を信じ、開国を主張した張本人じゃなかですか。こぎゃん西洋かぶれの世にした売国奴は討たれてあたりまえじゃなかですか」

末席の若者が加屋と愛敬に突っかかった。

「小篠（おざさ）、だまっとれ」

加屋の切り裂くような厳しい言葉が寒気を突き破った。加屋はミヤに向き合った。

「若輩のご無礼お許しあれ。まだ歳も若く、配慮を知らぬ未熟者でござるゆえ」

加屋はミヤに頭を下げた。

沈み込んだ宴席を和ませようと、でっぷりした壮年の男が口を開いた。

「ミヤ殿と申されるか。わしは太田黒という者で、小島の近く内田で新開大神宮の宮司をしよります。よくぞ敬神党の新年の祝いに来られた。ありがたいこと」

　太田黒はミヤに優しく言うと、改めて頭を下げた。

　ミヤも言葉を返さねばという気持ちになった。

「突然の訪問で皆さまにご迷惑おかけしたこと誠に申し訳ありません。初詣に藤崎八幡宮に参りましたが、元吉様から謹賀の宴にお誘いを頂き、皆様にお断りもなく御宅に参上致しましたこと、深くお詫び申し上げます」

　ミヤはそこまで言うと、両手を畳につき頭を下げた。

「もうよかろう、双方の不始末もお互いの謝りでおわりじゃ。ミヤ殿もくつろがれよ」

　正元の言葉で座敷の面々は次第に会話が戻った。その様子を見ていた元吉は（責任は自分にある）と気持ちが沈んだが、座が元のように賑やかになってほっと胸を撫で下ろした。

　そこに母の広子が、急ぎ準備した祝賀膳をミヤの前に運んできた。

「よくぞお越し下された。元吉から日頃ミヤ様のこと聞いておりました。ゆっくりしてくだされ。まずは屠蘇など」

広子は優しい笑みを浮かべながら、屠蘇の膳を膝元に引き寄せた。

「母上、私はミヤ殿のことを一度も話などしたことなどありませぬ」

元吉は苦言を呈したが、広子はそんな元吉の反応を予期していたのか、笑いながら言った。

「元吉、何をむきになっておるのです。ミヤ様の前だから照れておられるのか」

元吉は瞬間に顔を紅潮させた。

「さあ新年のお祝いの儀式です。ミヤ様、どうぞ盃をお取りくださいませ。屠蘇をお注ぎ致しましょう」

広子は朱塗りの盃をミヤに差し出した。すると、若者たちが宴座の中心に出てきて、これから詩を吟じ、剣舞をすると言い出した。

元吉とミヤが宴座の末席に下がると、詩吟の音色と合わせるように剣舞が始まった。

ミヤは、父が宴席にいる人々からは好まれぬ人物と悟った。

全国から四時軒に集まって来た若者たちは父を慕い、新時代の師として父を崇めて明日の日本を語っていたことを知っている。しかし、この宴席にいる人々は新時代への不満があるようだ。

ミヤは、寂しく思った。これも新しい時代がもたらす一つの側面かもしれないと思えた。

ミヤが愛敬家から辞去したのは、昼下がりであった。元吉も少し酔っていたが、どうしても自宅まで送ると言い張り、ミヤと共に愛敬家を後にした。

「今日はミヤ殿には大変な思いをさせてしまった。父や太田黒先生、加屋先生など小楠先生に敬意を払ってはいらっしゃるが、わしも含めて若い者にとって、御一新は辛い時代の始まりでしかなか。むしろ御一新に裏切られたと思っている者ばかりじゃ。わしですら御一新の意味が今でも分からぬ。しかも小楠先生は、御一新を実行した立役者だと新政府では言われているからの…」

元吉はミヤに語りかけてたが、まるで独り言のように聞こえた。二人は電信町へ続く坂をゆっくりと下った。

そこに戊蔵が現れた。

「ミヤ様、ご無事でなにより。ご母堂様がご心配されており私に迎えに行くようにと申され、お迎えに参りました」

ミヤに話しかけた戊蔵は、すぐに元吉に視線を移し、探るように見た。戊蔵の意味ありげな視線に、元吉はあわてて言い訳をした。

「ミヤ殿と藤崎八旛宮へ初詣したのち、近所の拙宅にご案内した次第。ミヤ殿をお引き留めしたこと、そのほうからも母上様に謝ってくれぬか」

元吉は、戊蔵の疑うような顔にミヤの母親の顔が重なり、自分でもおかしいぐらい動転していた。

ミヤと元吉は電信町で別れた。そこから戊蔵がミヤに従い、蓮政寺町の自宅に送った。

その十一　花岡山

時雄は事件後、二か月ほど自宅で軟禁状態にあった。季節は桜三月になっていた。

ミヤは花岡山での奉教書の宣誓には参加せず、洋学校の寮で過ごしていた。

時雄には、金森がこっそりと話した事がどうしても気になっていた。ミヤと愛敬元吉とのことである。

そんな頃、熊本の町に騒動が巻き起こった。明治九年三月二十八日、廃刀令が改めて太政官令として布告された。

明治四年に布告された太政官令の散髪脱刀令は、緩い勧告であった。だが、今回の廃刀令は大礼服着用か軍人、警察以外の者の帯刀外出を完全に禁止するというものである。違反すれば罰則が科せられるという厳しい内容であった。

騒然としている城下の雰囲気が蓮政寺町の自宅にも伝わってくる。今までは、武士が武士として、身分の証として腰に帯刀していた。そんな慣習を明治新政府は禁じた。時雄には新政府が士族階級を世の中から抹殺し始めたと思えた。

布告に込められた意図は、当初から新政府の中に巣くっていた。根底にあるのは、士族に対する疑念と怖れである。

（奴らはいつか必ず新政府に盾を突く）

大久保利通などは、武士が本来持ち合わせている思考性と激情性を充分に承知していた。

士分に対する疑念や怖れは、西郷隆盛が参議であった頃には表面化することはなかった。新政府の主だった者たちは、西郷を陸軍大将にかつぎ上げれば、士族たちの抑えになると考えていた。

だが西郷が征韓論に敗れ下野してしまうと、不平士族たちは西郷に群がり始めた。

西郷と共に下野した江藤新平は、明治七年佐賀に帰ると、不平士族たちに担ぎ出され佐賀の乱を起こしていた。

今までなら新政府は一部の士族の反乱ぐらいなら容易に抑え込むことが出来た。だが、不平士族たちが各地で烽起し、その動きが全国に波及すれば、新政府の目指す新国家構想が瓦解するかもしれない。

その前に手を打つことが迫られていた。新政府が描いたのが「武」と「民」の完全分離である。「武」の特権階級であった「士族」を完全に切り離さなければ、新政府の目指す新世界など実現不可能かもしれない。「廃刀令」にはそんな背景があった。

熊本でも旧社会の秩序が瓦解し、士族たちは行き場を失っていた。不平士族の咆哮は城下にあふれていた。

（これから我が国はどうなるのか。聖書にある『終末』を迎えるのではないか）

時雄は、ジェーンズから渡された聖書だけが心の支えとなっていた。社会変貌のうねりには、封建社会の閉塞性と終末から導かれる厭世的世界観が見え隠れしていた。

時雄は「自分はいま時代の分水嶺に立っている」と感じた。

元々その厭世的世界観を打破すべしと唱えていたのは、父小楠である。小楠は朱子学者であったにも拘わらず、耶蘇教に魂を売ったとして暗殺された。

時雄は、父が十津川郷士と戦った際の脇差のことを知っている。脇差は父が暗殺されたのち遺髪と共に四時軒に送られてきた。

脇差には敵が父に斬りつけた刃こぼれが三か所あり、父は暗殺者と必死に戦い、そして虚しく命を落とした。

時雄は、何度も十津川藩士の斬奸状を読んでは（士族とは一体なにか）と、強い怒りに駆られてきた。

自分の武力行使を勝手に「大義有り」と正当化し、暗殺も正義だと主張し、父を誅殺した。時雄には今回の廃刀令は、そのような自己正当化に毒された輩を葬り去る、いい機会に思えた。

一方、行き場を見失い、生活の糧をなくした士族たちは、これからどうやって生きていくのだろうとも思った。

士族たちは、生き方を変えなければ新しい社会に適合することはできない。我々が花岡山で決起し、奉教趣意書の主文に書いた「此の教えを皇国に布き、大いに人民の蒙昧を開かんと欲す」は、間違いでなかったと思えた。

時雄は思い出した。

明治八年の初頭、洋学校に場違いと思える人物が現れた。熊本鎮台の山崎大尉である。

山崎は、元々西教に傾倒していたのか、ジェーンズに日曜礼拝を始めてはどうかと具申した。ジェーンズにもその気があったのか、生徒の海老名喜三郎に命じ、参加者を勧誘することにした。

時雄は海老名から誘われたが、覚悟が決まらぬうちに日曜礼拝の日がやってきた。初回は海老名喜三郎、下村孝太郎、由布武三郎の三人が参加した。時雄は躊躇した自分を悔しがり、翌週の日曜礼拝には宮川経輝や山崎為徳ら五人で参加した。

それからというもの、土曜日には祈祷会が、日曜日には礼拝が行われることになった。

ただ、金森は「日曜の午後は漢学の講義があるから礼拝は午前中にすべきだ」と提案した。

結局、日曜礼拝は午前九時に始めることになった。讃美歌を英語で歌い、祈祷し、聖書解説をジェーンズが行なった。最後はジェーンズの説教で閉会するという流れが定着した。日曜礼拝が終わると皆で花岡山に登った。

次第に生徒たちの信仰への情熱が増していく。寄宿舎では「信仰談」や「質問会」など、聖書から抽出したテーマについて皆で論戦を交わした。

ついには信仰鍛錬と称して寒夜に沐浴する学生が現われ、断食する者まで出てくる始末で、次第に過激になっていった。

そうなってくると、学内がキリスト信仰派と反キリスト信仰派と二派に分かれた。時雄たちは西教派、反キリスト派は横井時敬（ときよし）が仕切った。時敬は時雄の親戚である。彼らは正義派と名乗って対立した。

結局、二派の分裂は西教派に固い血盟の誓いを強要する行為に発展していく。

あれは極寒の夜明けであった。

時雄も含め心を通じた三十五名は、ジェーンズに断らず自主的に寄宿舎を出た。三人、四人の小集団となり花岡山頂上を目指した。それは海老名の提案だったが、宗教改革で活躍したスロバキアのヤンフスたちが登ったタボル山に花岡山を重ねてのことだった。

その行いが、花岡山での奉教趣意書への署名へとつながる。それは数か月も前のことになるが、時雄の脳裏には、昨日の情景のようにまざまざと蘇ってくる。

だが、時雄たちが趣意書に署名した同日、正義派の横井時敬など三十六名も、水前寺に集結し自分たちは儒教をもって救国すると宣言した。

（こんな時代だからこそ、我らは布教活動し世の中を救わなければならない）

時雄は、改めて気持ちを強くし覚悟すべき時期が来たと思った。

だが、時折金森から悲しい知らせが届いた。あの朝、あれだけ固く誓いあった仲間たちが、自分の署名を趣意書から消しているという。紫藤も園田もそうである。耐え切れぬ者たちが一人また一人と神の国から去っていた。

仲間たちの脱会は、親族や出身地からの圧力によるものであった。主導したのが、皮肉にも洋学校の建設に尽力した実学党の幹部たちである。

だが、時雄には、迫害と圧力は神が与えた試練だという思いがあった。迫害に晒されている自分を聖書に出て来るペトロに重ねた。

時雄は世間から隔離されていることで、自分を客観的に把握することができた。父の名声や徳富の叔父たちに左右されることなく、俗念をそぎ落とし、進むべき神の道を考えることができた。

（基督の王国は神の国である。この日本に神の国を創造することで、基督の再臨となり、人々の有する塗炭の苦しみは救済される）

時雄にとって、神の救済とは神仏の救済ではない。「許す」ことに対する「愛」だと考えた。

日本人が持ち合わせていない「アガペー」の世界こそが、新時代に相応しい「救済」だと考えていた。

（基督にすがることで『尽くす心』が生まれ、『無償の愛』へと昇華していくに

違いない）
時雄は神の国を日本で創ることが、自分の使命だと確信し始めていた。そのためなら心身とも神に捧げても構わないとまで思うようになっていた。
父は西教と見られ斬殺されたが、いまこそ父の意志を引き継ぎ具現化すべき時だと思った。

その十二　筵小屋

明治九年十二月二十四日。

横井ミヤは冥土橋の袂で、今や廃校になった熊本洋学校を見上げていた。

洋学校は花岡山奉教書事件とジェーンズの任期満了と併せて、既に三か月前に閉校となっていた。

今、その石垣の上にある旧校舎で、神風連騒動で自首した者や捕縛された者たちの裁判が行われていた。かつて命を燃やした洋学校で、敬神党の裁きが行われるなど、運命の皮肉さにミヤは唖然として見つめていた。

ミヤは、あの騒乱の夜を思い出すと、今でも体の震えが止まらない。

元吉から「鎮台に討ち入る」と告げられた翌日の夜、ミヤは不安に駈られ蓮政寺の自宅で布団に入った。すると戸外で町の人々が低い声で何かを話しているのが聞こえた。その声は次第に波立つように大きくなっていく。

深夜に漏れる話声は、ミヤの琴線を激しく刺激した。

ミヤは、心の動揺に耐え切れず布団から抜け出すと、身支度を始めた。

すぐに元吉の事が心配になった。

すると、誰かが雨戸越しにミヤの名を呼んだような気がした。

戌蔵の声である。

ミヤは、母親に気づかれないように静かに雨戸に近づくと「戌蔵さん？」と小声で尋ねた。

「戌蔵です。元吉様が危なか」

ミヤは戌蔵の話を聞くと、波立つ感情から「うっ」と声を詰まらせ、それからは言葉が出てこない。

「門のところで待っとります」と戊蔵は言うなり、戸外にあった気配は消えていた。ミヤは身支度すると躊躇せず玄関から飛び出した。

ミヤと戊蔵はお城を目指して一緒に駆けた。

深夜にもかかわらず、あたりは殺気立った雰囲気に満ちていた。時折、焦げたような臭いが漂ってくる。

二人が下馬橋袂まで辿り着くと、地べたに倒れた愛敬元吉の姿があった。

元吉の顔は川向うで炎上する砲兵舎の紅炎に照らされ、赤黒い血潮が顔面をヌラヌラと覆っていた。正月に愛敬家に誘った優しい元吉の顔ではない。

ミヤは突然、身体が震えだした。

戊蔵は、元吉の体を抱き起こした。

「ミヤ様、何んか元吉様にお声ばかけんと」

ミヤは、戊蔵の言葉にすぐには反応できない。

戊蔵は少し苛々したのか「早よ声ばかけんと息が切れますばい」

戍蔵はミヤをせかせた。

ミヤは我に返ると、震えながら元吉の前に膝をついた。力を失った元吉の手に自分の手を重ねると、生温かいものを感じた。

ミヤは気を失いそうになりながらも、声を絞り出した。

「元吉様、ミヤでございます。お気をしっかり」

ミヤは、そこまで言うと、体の震えで言葉が出なくなった。すると、わずかであったが元吉の手が反応した。

「元吉様、ミヤがお助け致します。今しばらく我慢してくださいませ」

ミヤは元吉の反応で咄嗟に言葉が出ると、戍蔵に目線を送った。

戍蔵は、ミヤの言わんとすることが分かった。

静かに元吉を地べたに寝かせると「戸板ば探してきますけん」と言い残し、長塀前の闇の中に走り出していた。

ミヤは元吉の手をしっかりと握りしめ、顔をのぞき込んだ。対岸の炎が元吉の顔を照らし出している。

元吉の目元には刀傷があり、心臓の鼓動に合わせるように鮮血が吹き出ていた。腹部も切られているのか、ミヤの膝はいつの間にか生温かいものでじっとりと濡れていた。

ミヤは元吉を抱きながら今までのことが脳裏によみがえってきた。

御一新後、熊本の人々は、新しい時代に戸惑っていた。

ジェーンズ先生は、そんな暗澹たる時代に少しでも明るい光をと、キリストという救世主を教えてくれた。少なくとも洋学校の生徒たちには救いとなった。

だが、兄たちが起こした奉教趣意書事件は参加者の思いとは裏腹に、新旧両方の価値観を持つ人々から「異端」として扱われた。

熊本洋学校が閉校となると寮も閉鎖され、ミヤは自宅に帰るしかなかった。

時雄は徳富一敬も含めて洋学校開校を尽力した人々から激しく責められ、ついには洋学校の閉校式にも参加できなかった。

あの心が安らぐような楽園は、今はない。

ミヤが閉校した熊本洋学校の寮から自宅に帰って半月経ったころ、ミヤを元気づけてくれたのは、元吉だった。元吉は、ミヤに会うために蓮政寺町の自宅まで足を運んで励ましてくれた。

元吉は旧藩時代を懐かしむ気持ちが強い。「武士たる者は」といった古い感覚を持ち合わせていたが、一方でミヤが洋学校で何を学んだのかに強い興味を示した。

二人は自然に惹かれ合っていた。ちょうど十か月前、二人は洋学校前の冥土橋袂で出会った。遠い昔から定められていた運命だと二人は感じていた。

ある日、二人が唐人町を歩いていると、小篠（おざさ）一三とばったり会った。一三は小篠四兄弟の中で最年長の二十九歳である。

「元吉、ぬしゃなんば、しよっとか？」

ミヤは一三とは、愛敬家で行われた新年の宴で一度出会っている。ミヤが横井小楠の娘と分かると突っかかってきたのが一三であった。

一三にとってミヤは、耶蘇教に心を売った小楠の娘であり、アメリカ人が教える熊本洋学校の生徒であった。忌み嫌う存在である。

しかも、ミヤの兄時雄は奉教書事件の首謀者である。一三は横井家そのものに強い嫌悪感を抱いていた。

当然、一三はミヤと元吉が一緒に居ることなど、とうてい我慢できない。一三の罵声には、元吉に「恥を知れ」と言わんばかりの響きが込められていた。

元吉は、敬神党の中核にいる一三に二人の姿を目撃されたことにうろたえた。

「先輩、すんまっせん」

元吉は、自分でも思いがけない言葉が口から飛び出した。

「お主は愛敬家の跡取りだろが。なんば耶蘇教かぶれの小娘と歩いとるか。早よ帰って学問せんか」

元吉は一三の強い言葉に反応したように深々と頭を下げると、ミヤを残したまま独り駆けだしていた。

それから一か月後、戌蔵が蓮政寺町のミヤの自宅に現れた。二人は無言で安巳橋の袂につながる声取坂を上ると、橋袂から白川岸に降りた。そこには元吉が待っていた。戌蔵は目線で二人を誘うと河原の筵小屋へと案内した。小屋に二人が入ると、すぐに戊蔵が湯を茶碗に入れて二人に差し出した。

「わしは外に出て見張っとりますけん」

戊蔵はそう言い残すと小屋から出ていった。

「この前はすまんかった。わしば無礼な男だと思ったろ？」

元吉はミヤを探るような目で言った。

「ミヤは小篠さんは好かんです」

ミヤは元吉の瞳を睨めつけた。

元吉はミヤに言い訳するために戊蔵を使って呼び出したのではなかった。

「とにかくすまんかった。実は今日はミヤ殿に別れを言いにきた」

「別れ？　何の別れです」

ミヤは訳も分からないまま言ったが、元吉はすぐにミヤの手を握りしめた。

「いや、訳は言えんばってん、最後にミヤ殿に会って詫びとかないかんて思うて、戊蔵に無理ば頼んだ」

いつの間にか、元吉の目から幾筋もの涙が流れていた。ミヤは容易ならぬことが元吉の身に降りかかっていることを悟った。

その十三　新開大神宮

加屋霽堅と太田黒伴雄（おおたぐろともお）は、新開大神宮の拝殿にいる。二人は十月にしては蒸し暑い中で対座していた。

加屋が先に口を開いた。

「いかん、どうもいかん。若手も中堅も自分勝手に動き回っとる。そりゃ不満も溜まっておるかも知れんが、阿部や富永たちまで我々に断りもなく筑前へ出掛けて、秋月の宮崎車之助と意見交換しとるとか」

そこまで加屋が言うと、太田黒は「ほうそうかい」と他人事のように答えた。

加屋は、唖然とした。

「鉄兵衛殿、何をのんきに。奴らは皇国の将来に対し意見交換と言いながら、実は自分たちの不満に同調する者を探しては決起を促しているとか」

加屋は、苦々しい顔で太田黒に突っかかった。

太田黒伴雄は飯田熊次の次男として生まれ、旧名飯田鉄兵衛といった。彼が四歳のとき、父が早世し母は実家に戻った。生活は困窮し、彼が十二歳のとき大野家へ養子に出された。

そんなとき、二人は知り合った。鉄兵衛は片山喜十郎の門下に入り朱子学を学んだ。その境遇のもとで陽明学を極め、陽明学の真髄である「知行合一」を知った。

「知行合一」は『知る事と行動を起こすことは同じほど価値がある』とする即時行動の思想である。

加屋は、すぐに鉄兵衛が学んだ思想に感化された。安政五年の安政の大獄の後、二人は肥後勤王党の精神的な柱になっていた林桜園の私塾原道館に師事する。大野鉄兵衛二十五歳、加屋霽堅二十三歳の時である。

当時の原道館には、宮部鼎蔵や河上彦斎など、世に知れた肥後勤王党員が在籍していた。入塾したばかりの二人は「知行合一」を実践している宮部たちに憧れすら感じていた。

そんな滾（たぎ）った原道館の日々は、二人の結束を更に強くしていく。加屋はいつの間にか鉄兵衛を実兄の如く慕い「鉄兵衛殿」と呼んだ。

その後、桜園の信仰深かった新開大神宮の宮司太田黒伊勢から、「自分は老齢で後継者もいない。是非とも神職を信心篤い大野鉄兵衛に譲りたい」と申し出があった。

桜園は鉄兵衛を説き、自ら媒酌人になることで縁組を成立させた。

大野鉄兵衛は、太田黒伴雄と改名して今に至る。ただ加屋は改名しても太田黒を鉄兵衛と呼び続けていた。

「お主はそのこと誰に聞いた」

低い声で太田黒が問い返した。

「古田たちです。古田に言わせれば、富永たちが決起するなら自分たちも立つと、私に直訴してくる始末で、ご神意も聞かず勝手に動き回るなと説教しておきましたが…」

太田黒は苦々しい表情で拝殿の天井を見つめ、大きくため息をついた。

あれだけ「廃刀令に狼狽するな」と諭していたが、党人は行き場を失い焦り始めている。

「さて加屋、どうする」

太田黒は、困ったときは必ず加屋に相談することにしている。原道館の運営を任せられて以来、何かあればそのようにしてきた。

かつて林桜園が亡くなったとき、原道館の今後をどうするか重鎮たちと協議した。

斎藤求三郎や上野賢五、愛敬正元たち重鎮は「太田黒に運営を任せたい」と懇願した。

太田黒は困った。以前、熊本藩士として国事に奔走していた時と今は違う。林桜園の唱えた「神事は主なり、人事は末なり」という精神に則り、御一新後、組する者たちの心の柱になれるとは考えていなかった。

そんなとき、加屋は「二人でやればできぬことはない」と太田黒の背中を押した。

それ以来、太田黒は何か困ったことがあれば加屋と言葉を交わすことが常となった。それだけでない。加屋に相談すると、不思議に自らの進む道が鮮明に見え始める。

加屋は、太田黒のそんな気持ちをよく承知していた。

「確かに、廃刀令が若い者たちの気持ちを逆なでしたのは間違いありますまい。わしとて、安岡県令に廃刀奏議書を書いたほどですから…」

加屋は大きくため息をついた。鬱積した気持ちは自分も同じである。加屋自身も今にも暴発するぐらい、怒りで心を滾らせていた。

加屋は続けた。

「そろそろご神意をお尋ねすべき時期かと」

加屋は、決起を促す「是」が出るまでご神慮を問い続けるしかないとまで思っていた。

「確かにの。わしとて、新政府が異人たちを無条件で神州に立ち入らせていること、おかしいと思っている。勤王の志士は何のために命を賭してまで『攘夷、攘夷』と叫んで散っていったのか。今の新政府の政治は本末転倒としか思えぬ」

加屋は太田黒を見つめながら心中で自らにも語りかけていた。

（鉄兵衛殿も自分と同じく我慢の限界に近づいている）

「確かに長州や薩摩は、一度は異国と交戦し攘夷を決行したのは間違いない」

加屋は語りながら自然と熱くなっていく。

「ところが、そんな連中が今や真逆に欧化政策を出し、なおかつ神州を異国から護ってきた防人たちを廃刀令で丸腰にしてしまった」

その時だった。二人の会話を拝殿の隅で聞いていた富永守国が静かに座に入って来た。

「おお富永、どうした」

加屋は、富永に冷ややかな視線を送りながら尋ねた。

「お二人のお話、ついつい聞いておりました。ご無礼仕り申し訳ありません」

富永は古くからの敬神党員で、既に三十半ばを過ぎていた。

「聞いておったのか」

太田黒も富永に視線を向けた。

「私も仲間たちも、お二人のご指示があらば、荒れた海原であっても漕ぎ出す所存であります。ただ他藩がどのような本心を持ち合わせているのかを知ってこそ、明日につながります。そこで、阿部殿と共に秋月の宮崎車之助と協議いたし、その後、三人で長州の前原殿に会いに出向いた次第。前原一誠殿とは、以前池辺吉十郎殿が接触されたと聞いておりましたが、なかなかの人物で驚きました」

富永は朗々と語り続けた。

「前原殿は何と申された？」

加屋は富永たちの身勝手な行動を許さぬと思っていただけに、荒々しい口調で問い質した。

「以前、新政府の兵部大輔だった大村益次郎殿が提唱された『国民皆兵』は、身分に関係なく誰でも鎮台兵になれるということでした。前原殿がその『国民皆兵』に反対されたとの噂、改めて尋ねてみたのです」

「で、何と申された？」

加屋は、怒りが混じった声で富永に食いついた。太田黒もじっと富永を見つめている。

暫く時間が流れた。

富永は重い口調で返答した。

「国を守るのは誰でもない、士族が担うべきだと」

その言葉に太田黒と加屋は静かに顔を見つめ合い、大きく頷き合った。先ほどまで拝殿内に満ちていた重苦しい空気が、徐々に澄み切っていく。

富永は、二人を静かに見つめて言葉を続けた。

「もし肥後が立つのであれば、我らも決起致しますとのこと」

その言葉を聞いて、太田黒と加屋は再び頷いた。

（道は見えた）と二人は思っている。

「そうかご苦労であった。お主を使って申し訳ないが、明日早朝、長老の方々に大神宮にお越しいただけるよう案内してくれぬか」

太田黒が富永を労わるように言った。

富永は太田黒の言葉を聞くやいなや、いきなり平伏し、表情を一変させた。

「さすればいよいよ」

顔を上げた富永の表情は緊張で固まっていた。

「慌てるな。自分たちの進む道は前原殿と同じであったにしても、ご神意なくして前に進めるものではない。明日、夜明けと共に宇気比（うけひ）で大神に尋ねてみよう」

（来るべき時がいよいよ来た）

いつの間にか富永は感涙を流していた。

断髪令、廃刀令と立て続けに新政府が発した屈辱的政策は、士族たちの誇りを失わせていた。屈辱を取り除くために残された道は限られている。すべては、屈辱を払い国体の護持に進み、帝をお守りするだけであった。

「加屋もよいな？」

太田黒は加屋に自分の決意を伝えた。

その十四　宇気比

翌日、太田黒はまだ夜が明けていない時刻から禊（みそぎ）を始めた。身体の汚れを除くだけでなく、俗念、雑念を払いのけるためである。これまで何度、清めの禊をしてきたことか。すべてご神慮をお諮りする宇気比のためである。

新開大神宮は飽田郡内田にある。周囲は田圃に囲まれている。秋が深まり手水舎を包む暗闇は、虫たちの声で満たされていた。

全裸の太田黒は、幾度となく井戸水を頭から被った。次第に唇が紫色になり血の気が引いていく。太田黒にはそれだけ自分が純化していくように思えた。

その後、拝殿に準備していた束帯を身に付けた。狩衣は宇気比の時にいつも使っている臙脂色のものを頭から被った。傍には昨夜準備していた大幣（おおぬさ）と半紙の和紙二枚を載せた長三宝が置いてある。二枚の和紙の中心には、それぞれ「挙」「措」と書いてある。

　太田黒は身支度を終えると拝殿から神殿を臨み正座し、宇気比の神事を斎行することを天照大神に請うため朗々と祝詞を上げた。

　祝詞は、行き場を失った武士（もののふ）たちの嘆きと苦悩に満ちた現状を謳い、我らの進退に対し、宇気比で神慮を賜るよう祈るものであった。

　祝詞が終わったとき、神殿を包んでいた暗闇から突然、空気を切り裂くような鳥の鳴き声がした。

　太田黒は一瞬ドキリとした。だが、ご祭神である天照大神が神殿に降臨された合図と理解した。それから、大幣と二枚の和紙を長三宝に載せ、大神に捧げるように静々と拝殿から神殿に向かった。

　神殿の扉は重い。太田黒は長三宝を神殿に向かう階段前に置くと階段を一段ずつ、ゆるゆると上った。右の扉を静かに開き、同じように左扉も開けた。両扉を開けると急ぎ階段を降り、長三宝を階段前から持ち上げ、押し頂いて神殿内に入った。

　再び、鳥の鳴き声が響いた。夜明けが迫っているのだ。太田黒は（急がねば）

と気を引き締めた。

太田黒は、神殿の扉を静かに閉めると、灯皿に灯りをともした。灯りが神殿内を照らすと、祀られている御神鏡が息づいているかのように見えた。

太田黒は、いつも御神鏡に自分の姿を映してみることにしている。鏡に映った自分は、いつも母の胸に抱かれているような安らかな表情をしている。母なる大神から賜る霊威は宇気比を行う自分の身体に宿り、穢れなきご神慮の代行者になると確信していた。

太田黒は、長三宝を神殿の床に置き、神器の棚前にある祭壇の前に正座すると、長三宝に寝せていた大幣を台座に差した。半紙に書いた二枚の和紙をひとつひとつ掌で揉むと、ゆっくりと丸めた。

丸めた二つの球には「挙」と「措」の二文字が書いてあるはずである。出来上がったばかりの二個の和紙球を祭壇に載せた。

（どちらが出るか、大神のみぞ知る。ご神慮は…）

太田黒は台座から大幣を抜き出すと、静かに「祓いたまえ、清めたまえ」「祓いたまえ、清めたまえ」と呪文のように唱えながら、何度も、何度も大幣を左右に振り続けた。

大幣を振り、和紙球を清め続けると、意識が薄れてくる。朦朧とした中で、太田黒は祭壇に載せた二個の和紙球に大幣の紙垂（しで）を被せた。

緊張の一瞬である。意を決し、ゆっくり大幣を持ち上げた。すると一個の和紙球が大幣の紙垂に絡みついているではないか。

（ご神慮を頂いた）

太田黒は確信した。

和紙球を大幣から外すと、ついに御託宣の時がきた。慌てて大幣を台座に差し戻すと、選ばれた和紙球を小刻みに手を震わせながら開いた。

和紙を解くと「挙」という文字が書いてある。

大神の意思は「挙兵」である。

この数年、敬神党は苦しみに耐えながら時を待っていた。今、念願であった決起を大神がお認めになったのだ。

太田黒は泣き伏した。嗚咽は波のように打ち寄せ、引いてはまた打ち寄せてくる。涙が止まらない。知らぬ間に狩衣は涙で濡れていた。

太田黒は、そのまま神殿で寝入った。母なる子宮に抱かれているような錯覚が、安らかな眠りを誘った。

突然、鳥が鳴いたような声が耳に響いた。太田黒は、横たわったままハッとして目を覚ました。目を凝らすと、宇気比で使った台座の大幣が斜めに見えた。なぜか動悸が激しくなり慌てた。敬神党の長老たちが集まっていると感じた。急ぎ身支度を整え、笏を握りなおした。今朝大神から頂いた託宣である「挙」と書いた和紙を懐に入れ、神殿を出た。

太田黒の目に、拝殿に集まっている長老たちの姿が飛び込んで来た。太田黒は、静々と拝殿まで足を運んだ。

拝殿には愛敬正元、斉藤求三郎、上野堅五、富永守国、阿部景器、加屋霽堅が待っていた。誰も口を開かぬまま、近寄って来る太田黒を見つめている。

太田黒は神殿を背にし正座して皆を見渡した。

「既にお集まりでしたか」

誰からも返答はない。拝殿には早朝の冷気が流れ込んでいた。

「ご神慮は？」

加屋が太田黒に迫った。太田黒は、すぐには答えず祭壇の横に置いていた三宝を取りに行った。拝殿には再び静寂が訪れた。

太田黒は三宝を取ると、無言のまま押し頂いて全員の真ん中に置いた。そして狩衣の懐からご神意である和紙を取り出し、皆の前に披露した。

だれもが、我先にと身を乗り出して三宝の上に載せられた和紙を眺めた。皆が呻いた。

太田黒は口を開いた。

「大神のご神慮は『挙』でござった」

富永と阿部は泣き出した。これまでの辛かった思い出が噴出してきたからに違いない。

太田黒は続けた。

「大神の御心が『挙』と出たからには、我々はこれから神軍になりまする。神軍として鎮台や県庁に一矢報いることになり申すが、一つだけ皆様にお断りしておきたいことがございまする」

だれも涙を拭かないまま、太田黒を見つめている。

「この戦（いくさ）は必敗であることを、ご了承頂きたい」

太田黒は澄んだ口調で言った。

敬神党がいかに熱き志を持っていても、熊本城内の鎮台兵は総勢二千三百名である。最新式の重火器の装備も十分あった。それに比べ、敬神党の同士は総勢二百名弱。その差は歴然としている。

太田黒は続けた。

「今般の戦（いくさ）は、国体の護持とは何かを我らの生命を賭して訴えるものであります。我らの使命は天下のため、大義のため神聖固有の本来の道を朝廷に諫言し、臣子としての節操を全うすることにある。その点ご了解頂きたい」

太田黒の言葉からは、決意の固さが滲み出ていた。

「太田黒殿、何を申されるや。我々は勝ちまする。我らが挙兵し立ち上がれば、肥後だけに止まらず、必ずや他藩の賛同者たちも立ち上がりましょうや。我々の赤心は必ずや…」

阿部景器が弾けるように言うと、富永も同調して何度も頷いた。

斉藤求三郎が言葉を挟んだ。

「分かる。確かにお前たちの言うようになるやも知れぬ。しかし、我々は誰かに同調してもらうために事を起こすのではない。結果がどうであれ、挙兵に至るまでの姿勢が大切ということじゃ。臣子としての誇りと尊厳を大いに発露し、誤った新政府に国体の護持とは何かを訴えることが大切かと思う」

斎藤の言葉は重かった。

明治新政府が王政復古をもって成り立っている政治体であるなら、神州として尊厳ある施策を実現するが務めである。今の誤った施策の非を訴えてこそ、敬神党の本懐というものである。

「鉄兵衛殿の言わんとすること、分かり申した。斎藤殿の申されること、我とて同じでござる」

加屋は清々しい表情で言った。

長老の上野堅五が加屋に続いた。

「であるなら、新式銃を思う存分鎮台兵に浴びませましょうや。武器の調達をお許し頂きたい」

すると、斎藤求三郎の横に座っていた愛敬正元が口を挟んだ。

「いや、上野殿それは違いもうす。我らは神州の武士（もののふ）とし討って出る者。今更洋式の銃など必要でしょうや。我々には太刀があり槍もありまする。飛び道具としては弓もあるではありませぬか」

上野堅五は「なるほど」とうなずいて、愛敬に目を向けた。

その場のだれもが、愛敬の言葉に魅せられた。神州の神軍として挙兵するのだという自覚が生まれた瞬間である。

翌朝、太田黒は決行日を決める宇気比を再び行い、決行は十月二十四日と決まった。

加屋はすぐに、当日各部隊に持たせる檄文の執筆を始めた。必敗の決起であったにしても、挙兵の意味を書き表すことで、熊本の人びとに自分たちの意思を伝えるためである。

『夫れ鎮台県庁の設たるや、天朝を輔翼し、万民を保全し、専ら禦侮治安の任を可尽の処反りて醜虜に阿順し、固有の刀剱を禁諱し、陰に邪教の蔓延を慫慂し、終に神皇の国土を彼に売与し、内地に雑居せしめんとするのみならず、畏くも聖上を外国に遷幸なし奉らんとするの姦謀邪計顕然し、其大逆無道神人共に怒る所の国賊たる事、更に弁を待たざるなり。よって我々等、臣子の情義雌伏に不忍、上は玉体不測の御危難を防護し奉り、下は万民塗炭の苦患を解かんが為、畏くも神勅を奉じ、諸邦同盟義兵を興し、悉く令誅鋤、もって皇運挽回の基を啓かんとす。嗚呼、士農工商誰か神皇覆載の鴻恩に浴びざるや。宜しく四方有志の輩神速城に馳参じ、皇国の御為め報効可有之者也。但旅の官吏は文武を問はず巨魁と同視し塵にすべき処、若前罪を悔悟し降伏する者は事宜に応じ、本国に罷帰らしむべきもの也』

その十五　別れ

ミヤには、元吉のいう「別れ」の意味が理解できなかった。元吉が世間から隠れるように、自分を河原の筵小屋に呼び出すなど、分からぬ事ばかりだった。

「なぜ今日で別れなのです？　いきなり言われても、私は分かりません」

ミヤは元吉の先日の無礼よりも「別れ」の意味が気になり、単刀直入に尋ねた。

元吉は急に口ごもり、じっとミヤを見つめた。ミヤに対する思いを口に出せば、討ち入る決意が緩むように思えた。

しばらく二人は無言で見つめ合っていた。

元吉が先に口を開いた。

「わけば話しても良かばってん。他言せんて約束してもらうなら？」

元吉はミヤの心中を探るように見つめた。

「ミヤも小楠の娘です。お約束いたします。他言致しません」

「約束してくれるね」

元吉は急に正座になり、覚悟を決めミヤに話し始めた。

「我ら敬神党は明日、熊本鎮台に討ち入ることが決まった」

ミヤは耳を疑った。元吉が何を言っているのか、意味が分からなかった。

「熊本鎮台へ？」

元吉はミヤの驚く顔を見て、言葉を続けた。

「新政府は我ら士族から刀まで取り上げ、古来より国を護ってきた士族ばないがしろにしとる」

元吉は悔しい顔を隠すこともなく語った。

「我ら敬神党の首領である太田黒先生が、新開大神宮神殿において宇気比を斎行され、ついに大神から神軍になることが裁可された。明日、我らは穢れのない神州復古の礎となる」

ミヤは元吉の熱い魂の言葉を聴きながら、今まで聞いたこともない「宇気比」が気になった。

「宇気比」は元吉にとって限りなく神聖な言葉なのだろう。元吉の口から「宇気比」が零れたとき、唇が少し震えたように見えた。

ミヤは、父の小楠からですら「宇気比」なる単語は一度も聞かされたことはない。

「宇気比とはなんですか？」

ミヤは素直に元吉に尋ねた。

「宇気比は、神代時代に天照大神が地上から高天原に上ってきた須佐之男命に、邪心がないかご誓約を求められたのが始まりで、以来我が国では二者選択の判断が必要なとき、大神にご神慮をお尋ねし、その結果に付き従うという神聖な神事なるもの」

元吉は時習館の教授のような口調でミヤに語った。

ミヤには、元吉がいう神聖な神事で、鎮台への討ち入りがなぜ正当化されるのか分からない。しかも元吉が討ち入るのは城内の鎮台ではなく、安岡県令宅だという。ミヤは元吉の行いが暴挙にしか聞こえなかった。

「鎮台に討ち入ったにしても、勝算はあるのですか？」

ミヤは改めて元吉に尋ねた。

元吉は少し顔を引きつらせた。

「いや勝つか負けるか、それは分からん」

元吉の答えはあっさりしていた。

「では何のために討ち入るのです？　勝ちもしない戦など意味はありません」

ミヤは切り返した。

「勝つか負けるかなど今更どうでもよか。我々の挙兵が新政府と朝廷への厳しい諫言となればよか」

元吉は遠い未来でも見るかのように、ほつれた筵天幕の隙間に広がる青空を見上げた。

「ミヤは分かりません。なんで元吉様たちが痛い目に遭うのです。まずは提言を書状にしたため、熊本県庁に直訴されても良いのではありませんか？」

ミヤがどうしても理解できないといった表情で言うと、すぐに元吉が答えた。

「既にそれもやってのこと。新政府は聞く耳もたずじゃ。ならば自らの命を賭して訴えることで、赤心による憂国の心情を新政府に訴えることができる。そこまで我々は追い詰められて今がある」

ミヤは元吉は死ぬ気だと思った。なぜに自分の命を投げ捨ててまで、武士たる操（みさを）にこだわるのか。ミヤの理解できない世界がそこにあった。

父は生前「実学」ということを常に語っていた。今の時代を切り開くには、自己の価値観を変えなければいけない。そうしなければ世界から置いていかれるとよく語っていた。

身内で「実学」を実践したのは佐平太叔父と大平叔父であった。ミヤも年齢が足りないことを承知の上で、父の教えを信じて洋学校入学にこだわった。

だが、元吉は違った。古い価値観の世界でもがいている。元吉の考えは、新しい時代では古ぼけたものになっていることは、元吉自身にも分かっているはずである。

ミヤは、元吉が踏みとどまるように説き伏せたいと思ったが、言葉が見つからない。

すると…。

「わしは幸せ者（もん）たい。ミヤ殿に別れの言葉を伝えたし、この期に及んで、なぜに我々が新政府に挑むかをミヤ殿に聞いてもろうた。もう自分は思い残すことはなか」

元吉は清々しい顔で語った。

ミヤは元吉の言う「お別れ」が、今生の別れになるのだと思い知らされた。

元吉は、ミヤの両手を握りしめ、一途にミヤを見つめた。

ミヤの眼頭から急に涙があふれた。ミヤはなぜ自分が泣きだしたのか分からない。ただ無性に悲しかった。

元吉はミヤを暫く見つめていたが、刀袋を手にして立ち上がると、筵（むしろ）の扉を開いた。

思わずミヤが叫んだ。

「ご武運を」

元吉は振り返ると、ミヤに笑顔を見せた。

その十六　下馬橋

戌蔵が戸板を引きずりながら戻ってきたころには、すでに元吉の心拍はかなり弱まっていた。ミヤは何度も元吉の名を呼び続けた。だが、名を呼べば呼ぶほど、虚しさが込み上げて来る。

御一新から九年の歳月が流れるうちに、新旧の価値観がぶつかりあい、幾多、阿鼻叫喚の呻きがあったことか。ミヤにはすべてが虚しかった。

「ミヤ様、元吉様は?」

戌蔵は戸板を元吉の横に置きながら、激しい息遣いで尋ねた。

「段々息が細くなりよる」

ミヤはまた涙が零れた。

その時、いきなり抜き身の刀を携えた集団がミヤたちを取り囲んだ。

「元吉じゃなかね」

一人の男が元吉を見て叫んだ。数人の無頼漢が一斉にミヤたちに抜き身を突き付けた。

「おっ、小楠の娘じゃあなかね。なんでお前が元吉の面倒ばみとる？　汚らわしか」

一人がいまいましげに言い放った。

ミヤはその声の持ち主が小篠一三だとすぐにわかった。ミヤは一三を睨みつけた。

「こん女は気の強かあ。洋学校なんか行きやがって、耶蘇教の信奉者なら、ここで無礼討ちしても大神は許されるに違いなか、のうみんな」

一三は同輩たちに同意を求めた。まわりの者たちも「そうだ、そうだ」と同調した。

ミヤは震えた。だが元吉を放さなかった。

（元吉様を助けられるのは私だけ）

そんな気持ちが切々と湧いてくる。

一三は刀の先端を座り込んでいるミヤに突きつけようと構えた。

その時、戌蔵がいきなり二人の間に飛び込んできた。そして匕首を抜いて一三の刀の前で構えた。

「若っか娘ば成敗するなど、下衆のやることたい。お前たちは滓（カス）じゃ」

戌蔵は吐き捨てるように一三に食らいついた。

「なんば言うか。お前は河原の犬だろうが。お前になんか言われたくはないわ」

一三は戌蔵に斬りつけた。

ミヤの面前で鈍い音がした。戌蔵は一三の一太刀を匕首で受け、次の瞬間相手の刀の柄を握り締めていた。

その時、坪井川に架かる下馬橋の袂から人の声がした。戌蔵が一三ともみ合いながら橋の袂を見下ろすと、燃え上がる砲兵営舎の炎に照らされた数名の鎮台兵の姿が見えた。

「いたぞ、何人か賊がおるわ」

下馬橋の欄干でこちらを睨んでいた指揮官が、慌ただしく部下に下知している。

指揮官は「構え」「撃て」と号令した。

刃を手にした一団の周りに、乾いた風を切る線音が、いくつも交差した。

ミヤは思わず元吉を守るように背を丸くし抱きしめた。初めて聴く不気味な音である。元吉を支えている手がぶるぶると震えた。

鎮台兵の撃つ鉄砲で、ミヤ達は救われた。取り囲んでいた敬神党の一団は、小走りに逃げ出した。戌蔵はいつの間にか、ミヤと元吉の傍に座り込んでいた。戌蔵は腕から血を流している。

鎮台兵は駆け寄ってくると、ミヤと戌蔵に銃剣を突き付けた。

「兵隊さん、違うばい違うばい。わしらは町ちん人間たい。勘弁してくれ」

戌蔵は小篠に斬られた腕を庇いながら訴えた。

だが、指揮官はミヤの支える元吉を一目見ると、指揮棒で元吉を指した。

「お前たちが町ちん者って分かっとる。ばってん、こ奴は一味であろう」

「いや、いまは違う」

ミヤは指揮官を見上げながら、強い口調で答えた。

指揮官はミヤの言葉を聞き流すと、すばやく腰を下ろし、元吉の首の頸動脈を指で抑えた。

「死んどる。もう事切れとるばい」

指揮官が言うと、鎮台兵たちはミヤたちの前から立ち去った。

ミヤは悲しい現実を知った。

（元吉さんが死んだ）

ミヤは事切れた元吉の亡骸を、力一杯抱きしめた。

（ごめんなさい、ごめんなさい）と何度も心の中で叫び続けた。

悔しさでいっぱいであった。自分の無力さを痛いほど感じた。

その十七　ヨハネ第十章

事件後、熊本新聞では敬神党事件の顛末を一日おきに報道した。

首謀者太田黒伴雄は、城内法華坂で自刃。副長加屋霽堅は、二の丸の歩兵舎の攻撃中に敵弾で陣没した。

元吉が討ち入った安岡県令は、翌日刀傷から破傷風になり、三日後病院で亡くなった。

事件の翌朝、焼失した安岡県令宅では坂口静樹の焼死体が確認された。村上新九郎警部も背中の刀傷から翌朝自宅で命を落とした。

村上新九郎死去の記事が新聞に掲載された日、蓮政寺町の村上家では葬儀が執り行われた。出棺のとき、二人の弟が号泣している姿がそこにあった。

その後も、新聞には敬神党員が自刃したという実名入りの記事が辞世の短歌を添えて掲載された。

ミヤは食い入るように、それらの記事を読み続けた。あの夜、下馬橋の袂で遭遇した小篠一三がどうなったか知りたかった。

そして十一月九日の熊本新聞に、一三たちの消息を伝える記事をみつけた。

「小篠一三、山田彦七郎、上野継緒
右之三人本月八日第三大区一小区山下村神社鳥居前ニ於テ自尽セシヲ見出タリ

ト、又上野ノ傍ニ守袋ニ一首の辞世を添タリト。
大君のためには何かおしからん野辺の草葉の露となるとも」

小篠一三たち三人は決起後、島原に潜伏していたが、父親から文が届いた。そこには「同志は続々と自刃や捕縛されており、また萩、秋月も敗れ、とても再挙の望みはない」とあったという。

三人は、島原に潜伏するのは再挙の機を待つためで、ここに至ったとなれば熊本に帰り一緒に死のうと決した。

一三たちは舟で飽託郡中島村まで帰ったが、周囲の警戒深く、ついには荒木社で自刃したという。

小篠一三の辞世
「忠と義のためには身をも捨て小舟堀や河辺に朽ち果てぬとも」

小篠一三の弟であった山田彦七郎の辞世の漢詩も添えてあった。

ミヤは、そんな辞世の歌や詩を読むたびに心が深く沈んでいく。元吉もそうであったが、なぜにそこまで純粋になれるのか、理解しがたかった。

あれから二か月経った。

ミヤは、一年前の今日、この冥土橋の袂で元吉と出会った。まさかこの場所で敬神党の乱で生き残った者や、捕縛された者たちの裁判が行われている旧校舎を見上げるなど思ってもいなかった。

ミヤにとって旧校舎は基督の居た場所であり、新しい時代への飛躍の場であったはずだ。

その場で違う神に命を捧げ、自分たちの大義を訴えている者たちがいることが皮肉にしか思えなかった。

敬神党の反乱は、戦死者二十七名、自決者八十八名、捕縛・自首した者五十名という結果を残した。

ミヤは古城堀端に佇み考えた。

（元吉様がよく口にしていた国体護持、大義赤心、報国とは何だったのか）

すべてが遠い昔のように思えた。

彼らが狂ったように駆け抜けた熊本の城下には、敬神党の熱い至誠や純粋な精神など微塵も残っていなかった。

　残されたのは、今という現実で敬神党の変に参加し戦死や自刃した家族たちの窮乏する姿だった。

　ミヤは思っている。

（自分はこれからどうすればいい）

　元吉のように、命を賭してまで達成したい目標などあるはずもない。今の自分は迷いの中で生きていた。

　そんなとき笑顔で戌蔵が駆け寄ってきた。

「ミヤ様、ここでしたか?」

「どうしたと?　で、その後、傷の具合は?」

　ミヤは久しぶりに戌蔵に会えたことは嬉しかったが、先日の下馬橋袂で負った傷が気になった。

「わしゃミヤさんに心配してもらうなんて嬉しか。おかげで傷も治りよるです」

　戌蔵は満面の笑顔で傷の状態を説明した。

「で、戌蔵さん、今日は何しに？」

「お母様から、時雄様からの手紙ばミヤ様に届けてくれて頼まれて」

戌蔵は懐から手紙を出すとミヤに渡した。

時雄は奉教書事件以降、自宅で謹慎していたが、密かに熊本を抜け出し、今は宮川経輝や海老名喜三郎と行動を共にしていた。

事件後、熊本洋学校は閉校となった。恩師ジェーンズは、熊本を去るとき、京都に開校したばかりの同志社英学校を時雄たちに紹介した。

同志社英学校は、ジェーンズと同じキリスト教を建学精神の軸とし、日本人による「良心」を徳育することを目的としていた。

だが、時雄は直ぐに同志社英学校に行かず、東京に誕生したばかりの東京開成学校に進学した。

ミヤは、時雄からの手紙を受け取りながら戌蔵に聞いた。

「戌蔵さんは、何でいつも我が家のために尽くしてくれると。聞いている噂話とまったく違う」

「いやいや参ったな。それは勘弁してくれんですか」

戌蔵は困った顔をした。

「ばってん、戌蔵さんは優しか。ミヤの知る戌蔵さんは誰よりも優しか。人は戌蔵さんば蔑んだように言うばってん、いつもミヤたちば助けてくれる。何でそこまでしてくれるとか知りたか」

ミヤは戌蔵を見つめた。

無言の時間がしばらく流れた。

どのくらい時が経ったか。戌蔵はミヤから視線を外すと、敬神党の裁判が行われている旧校舎に目を向け話し出した。

「実はわしは切支丹とです」

「えっ」

戌蔵の口から意外な言葉が飛び出した。

「いや恥ずかしか。今更、自分の話ばしたっちゃ始まらんばってん」

戌蔵の顔が少し歪んだように見えた。

「なんで今まで…」

兄の時雄がキリスト教に傾倒し、奉教書事件を起こしたことは、戌蔵もよく知っていたはずである。なぜ自分も信仰者であるとその時、話してくれなかったのか。

それ以上にミヤは、戌蔵がなぜ西教に傾倒したのかを知りたくなった。

「なぜ?」

「六年ばかり前のことです。自分な白川の川岸で生活しよるけん、河原がどぎゃん所か知っとるとです。河原で営む者（もん）な天道様の下ばまともに歩かれん奴等が多く、時には人殺しもやって来るとです。そんなところに若っか奴が流れてきたとです」

ミヤは、自分の過去を吐露する戌蔵の言葉に引き込まれた。

「すぐ、そん流れ者（もん）な根っからのワルじゃなかて分かったけん、暫くわしの小屋で飯ば喰わせるこつにしたとです。話ば聞いてみると長崎浦上の出らしく、十一年前の切支丹騒動で信徒らが長州津和野に流罪されることになり、そ奴は移送中に逃げ出してきたと言うとです」

幕末に起きた長崎浦上四番崩れのことは、ミヤも聞いたことがあった。

「そっで、しばらく一緒に暮らしておったとですが、いきなりそ奴が行くとこがあっけん小屋ば出ていくて言うじゃなかですか。ただ、そ奴はわしに世話になったけん、お礼に西教の聖書ば置いていくて言うとです。わしは字は読めんけん、そぎゃんた要らんて言うと、そんなら天主（デウス）さんの話ば読むけん、聞いてくれんねて言うとです。聞くだけならよかばいて言うと…」

「そん人は聖書のどこを読んでくれたと？」

ミヤは戌蔵が聖書のどこを読んでもらったのか無性に知りたくなった。

「ヨハネという人が書いた第十章ですたい」

ミヤは「えっ」と声を出した。

ミヤは驚いた。兄たちが花岡山で奉教趣意書事件の天拝会を開いたとき、時雄が皆の前で朗読したのがヨハネ第十章だった。

「そ奴が読むとば聞いとると、天主（デウス）さんな、自分な羊飼いで、わしどんたちは羊て言わすとです、日頃から羊飼いは羊たちが迷わんごつ導いていて、常に羊たちをみつめていると」

ヨハネ第十章を語る戌蔵の目は輝いていた。

「もし悪か者が羊たちば我が物にしようとするなら、天主さんな自分の命ば捨ててまで、羊たちば守るて言わすとです。そぎゃん神様がこの世におらすて知りもせんだった」

ミヤは、戌蔵の話す物語に驚くしかなかった。

「天主さんな、わしどんたちが自分についてくるなら、自分も同伴者として一緒に歩くて言わすとです。わしゃ嬉しか、今までわしゃ世間から蔑まれて生きてきたとです。子どもんときは『犬』て呼ばれ馬鹿にされ、大きくなると銭に汚かけん守銭奴て言われて、ほんなこつ悲しかった」

戌蔵の目から幾く筋もの涙が流れ落ちた。

「ばってん、そぎゃんせんと生きて来られんかった。まして、こぎゃん下衆なわしでん、天主さんないつも一緒におるて言わすとです。それからわしゃ毎日が楽しくなった」

戊蔵はそこまで言うとミヤに向き直った。

「実は、ミヤさんに言いそびれとったばってん、花岡山事件のあと、金森さんから時雄さんと会うてくれて、何度も頼まれたとです。時雄さんがミヤさんと元吉さんのこつば心配しとるけんて」

「えっ」

ミヤは小さな声を上げた。

「最初は断ったばってん、仕方なく会いに行くと、花岡山の天拝会で時雄さんが読みなったのが、ヨハネ第十章だったこつば知ったとです」

ミヤはそのときはっきり悟った。

時雄と戊蔵は、信仰を通じて魂を交わしていたことを。そしてなぜ戊蔵が自分や母をいつも護ってくれていたかを。

ミヤの目から幾筋もの涙が流れ出た。

戊蔵も自分の涙を薄汚れた袖で拭きながら言った。

「兄上様からのお手紙ば読まんですか？」

ミヤは手にしていた手紙を開いた。

そこには東京の話や京都で同志社英学校の新島襄校長と出会い、共感したなど燦燦とした新世界が綴られていた。

ミヤの胸は希望で躍った。

（新しき風が吹いている）

手紙を握りしめたミヤは、改めて敬神党の裁判が行われている洋学校の旧校舎を見上げた。

すると自然にミヤの口から誰に言うでもなく「さようなら」と小さな言葉が零れた。

終わり

あとがき

明治という新年号は大政奉還からいきなり降ってきた。

誰かが巧みに政治劇を展開し、剥き出しの覇権欲で新しい時代は始まった。だが、新政府を構成する主なる者たちは新しき時代にふさわしい確固たる、また俯瞰した国家経営ビジョンなど持ち合わせていなかった。共有もしていなかった。新政府は山積する問題に個々に対応できず、実行したのは版籍奉還と廃藩置県だけである。

そんな新政府は内憂外患に席巻され、次第に身動きが取れなくなっていく。明治四年、岩倉具視使節団が不平等条約の再交渉に欧米に出発していく。だが、既に国内では横浜、神戸、長崎、下田、新潟、函館などが開港され、港に付随するよう設けられた各国の居留地から西洋文化が津波のように押し寄せていた。

異常ともいえる急激な社会変化は、風刺画的表現を使えば「文明開化」という流行り言葉で世間に喧伝されていく。何が「新しく」、何が「時代遅れ」なのかという価値差別は世間に拡散し、混迷は深まっていくだけだった。

明治九年の熊本もその渦に巻き込まれた。

新旧の文化と価値観が交錯したときであった。しかし、改めて考えておかねばならぬことがある。

岩倉使節団に組した大久保利通、木戸孝允、伊藤博文たちは既に外国の異文化を知っていた。長州藩からイギリス留学した伊藤たちは「文明」という利器に触れており、我が国との文明格差を痛感したに違いない。まして高杉晋作はアヘン戦争後、清国が大国の植民地化していく現場を目撃している。

また、薩摩は薩英戦争以前から奄美、琉球を介し諸外国との貿易を行い、パリ万博に薩摩藩単独で参加していた。

つまり、二藩とも外国との温度差を知りながら、外国との接触は「避けがたい」という時代的感覚が既に醸成されていたのではないか？　しかも、薩摩はその貿易利をもって「邦が栄える」という経営ビジョンが確立されていたとみたほうがいい。

　そうなると幕末の水戸藩から始まった「尊王攘夷」というイデオロギー運動は嘉永六年から慶応四年の十五年間では、初期の純粋性と、後半に時代を回天させた薩長では意味が違っていたのではないかと思わざるを得ない。

　国是が激しく変わった明治九年、熊本に「神州」という国是を唱えた一団がいた。それが神風連と呼ばれた敬神党である。

　この一団は薩長とは違い、むしろ国体を守る敬神の心を林桜園に純粋培養され、自分たちの真摯なる憂いを世に訴えた唯一の集団だったと思う。

　その証に敬神党の重鎮だった斎藤求三郎などは蘭学の知識もあり、和洋持ち合わせた知識人であった。しかも敬神党はむやみに外敵を打ち払うつもりではなかった。むしろ一度は外夷大国と一戦を交え、敵を撃破したのち対等に外交し、それから開国という意識があった。

　しかし、薩長の考えは違っていた。敬神党が身を呈し訴えたかったのは新政府による神州日本に対する敬意を払わぬ侮辱への怒りだし、圧倒的に兵力の違う鎮台襲撃は古来から日本人が保持し続けた「恥」という感性文化を基にした諫言行動だったと思う。

また、熊本洋学校、古城医学校など新しい時代をつくる若者たちがこの熊本の地を走り抜けた。

横井時雄は、その後同志社英学校に進学し牧師になることを決意する。その後、同志社の社員となり第三代社長になった。

さらに、洋学校で時雄に対抗し正義派をまとめた横井時敬は明治四十四年東京農業大学の初代学長に就任している。横井ミヤは、その後同志社女学校に進学し新島襄から洗礼を受け入信。牧師になっていた海老名弾正と結婚し、全国布教活動に専念する。さらに、大正七年にはアメリカのピッツバーグで開催された「世界キリスト教徒大会」に出席、日本婦人代表として講演を行っている。

一方、古城医学校では細菌研究の先駆者である北里柴三郎を輩出、浜田玄達が明治天皇の妃であった昭憲皇后の侍医となって日本産科医学の発展に尽力した。

この二つの集団は日本という国家を救世するという目的は同じであったが「異

なる神」を抱いて双方が時代を走り抜けたように思う。

まさに明治初年の熊本は、パラドックスな舞台だったことを我々は知るべきだし、顕彰すべきかと思う。

今でも時代は激しく変貌している。その端境で悶え苦しんでいる人々がいるのは今も昔も変わらない。毎度の事ながら新旧の価値の交差は「国の勃興」を巻き起こし、その狭間で起こる辛苦事象は時代のツケのように思える。

神風連の一団が鎮台へ討ち入る際、本陣としたのは城内宮内にあった愛敬正元、元吉親子の居宅であった。現在、その地は熊本県護国神社の敷地内にあり跡地に「神風連挙兵本陣跡」の石碑が立っている。身を呈し訴えた神風連の言霊は先の大戦などで戦没した英霊と共に護国神社に祀られている気がした。

また、現在、黒髪にある桜山神社に神風連資料館がある。その桜山神社に作家三島由紀夫を案内したのが荒木精之氏であった。三島が市ヶ谷の自衛隊駐屯地で自決して今年で五十一年になる。

最後に、この物語は神風連に関しては荒木精之氏の「神風連実記」、熊本洋学校については「熊本バンド研究」なる同志社大学人文科学研究所編の資料から引かせて頂いた。また、堤克彦氏の「横井小楠」を参考に四時軒関連を書かせて頂いた。それら資料を参考に明治九年の熊本を炙り出すフィクションとして創作した。

読者の皆様にはこの物語を読んで頂き、百四十五年前、熊本で興った魂の激突を感じて頂ければ幸いである。

令和三年九月二十三日　　南　良輔

肥後御一新―神々の群

二〇二一年十一月三十日
著　者　南　良輔
発行者　南　良輔
制作・発売　熊日出版
〒860―0827　熊本市中央区世安一丁目五番一号
電話096―361―3274
編　集　里山通信社
装　丁　青井美迪
表紙カバー絵
挿　絵　青柳　綾
印　刷　シモダ印刷株式会社

ISBN978-4-908313-81-3